Les Jumeaux Crochemort

82, rue Saint-Lazare – CS 10124 75009 Paris
ISBN : 978-2-0804-1636-0

· Cassandra O'Donnell ·

Les Jumeaux Crochemort

· La malédiction ·

Flammarion Jeunesse

Soufflant dans ses doigts, Justin tapa du pied sur le sol comme pour se réchauffer, puis descendit l'allée sans se faire remarquer. La lune était à moitié pleine, mais sa lumière peinait à percer l'obscurité de la nuit, une nuit à la noirceur si épaisse et si profonde qu'elle en était presque palpable.

— Vingt minutes, ça ne prendra que vingt minutes, murmura-t-il avant d'ouvrir son sac à dos et d'en sortir une lampe torche.

La lumière braquée sur les pavés pour éviter de se tordre la cheville dans un trou ou de buter sur un obstacle, il remonta rapidement la rue Greenway, puis tourna à droite vers le quartier Mayfield. Trottoirs, bars, boutiques et balcons étaient déserts et aucune lumière ne filtrait des fenêtres des immeubles. La ville entière était comme morte. Il y régnait un silence si profond, qu'en comparaison les bruits de pas de Justin sur les pavés semblaient assourdissants.

« Plus vite », songea-t-il, la gorge serrée.

Accélérant le pas, il parcourut une bonne centaine de mètres avant d'avoir soudain l'étrange impression de ne plus être seul. Quelque chose venait de bouger un peu plus loin, il en était certain. Il ne pouvait en distinguer la forme, il voyait juste une ombre onduler sur la partie de mur éclairée par sa torche.

— Qui est là ?

Braquant sa lampe vers un petit renfoncement situé en bas d'un immeuble, il attendit.

— Je te vois, tu sais ? Allez, sors de ce trou ! cria Justin d'un ton menaçant.

L'ombre dessinée sur le mur ondula et il eut tout à coup la sensation que les ténèbres changeaient… qu'elles se contractaient et se resserraient autour de lui.

— Si tu crois me faire peur, bredouilla-t-il, tu te…

Ses mots moururent dans sa gorge sous l'effet de la surprise en voyant les deux grands yeux rouges qui le fixaient.

Le cœur battant si fort qu'on pouvait le croire prêt à imploser, Justin recula et recula encore avant de soudainement heurter le mur qui se trouvait derrière lui.

Il chercha des yeux quelque chose, n'importe quoi pour se défendre, mais ne trouva rien.

— Laisse-moi tranquille… laisse-moi… bredouilla-t-il en agitant sa lampe torche comme s'il tenait un bâton. Pitié, pitié…

Mais les supplications de Justin restèrent sans effet, et quand il sentit une forme visqueuse s'enrouler autour de ses chevilles et le faire tomber lourdement sur les pavés humides, il s'entendit appeler sa mère.

Puis il n'y eut plus rien.

Rien que le silence.

Et deux grands yeux noirs et larmoyants, qui regardaient fixement le ciel dans les profondeurs de la nuit.

Chapitre I

Les mains crispées sur son oreiller, le front luisant de transpiration et le cœur battant, Oriel Crochemort ouvrit les yeux en hurlant :

— Non ! Je ne veux pas !

Silence, réveillée en sursaut, alluma aussitôt sa lampe de chevet, se précipita vers le lit de son frère et lui caressa le front.

— Ce n'est qu'un rêve ! Juste un mauvais rêve.

Le cerveau encore aux limites de l'inconscience, Oriel cligna des yeux comme s'il se demandait si Silence était réelle ou une simple illusion, puis il poussa un soupir.

Ce n'était pas la première fois que ça arrivait. Il avait l'impression d'avoir vécu cette scène des dizaines de fois, toujours la même : il se mettait à crier pendant son sommeil et réveillait Silence, qui se levait de son lit et venait le réconforter.

— Je suis désolé. Je sais que tu dois en avoir marre d'entendre ça, mais…

— Je n'en ai pas marre, je suis inquiète, répondit-elle.

— Ce ne sont que des cauchemars…

Des cauchemars qui ne quittaient jamais son esprit et lui collaient à la peau comme une mauvaise odeur.

Silence le dévisagea longuement.

— Je la vois dans tes yeux, tu sais ?

— Quoi ?

— La peur de t'endormir. De rêver.

— Ne sois pas ridicule.

— Tu as vu tes cernes ? On dirait que tu n'as pas dormi depuis des jours.

— J'en suis conscient, c'est juste que… oh et puis laisse tomber, tu ne peux pas comprendre !

— Ce que je comprends, c'est que tu te comportes vraiment de manière étrange en ce moment.

« Étrange » était en dessous de la vérité : Oriel paraissait sans cesse sur le qui-vive, il avait le regard hanté et sursautait au moindre bruit.

Oriel esquissa un rictus narquois.

— Et c'est toi qui dis ça ?

— Je sais que je suis bizarre, admit Silence. Mais pas toi. Toi, tu es...

— Quoi ? Le jumeau « normal » ? Le moins fêlé des deux ?

— Ne fais pas l'idiot, tu vois très bien ce que je veux dire.

Oriel la dévisagea un bref instant avant de détourner le regard.

— Tu ne l'as pas toujours été, tu sais ?

— Quoi ?

— Bizarre. Avant, tu étais comme moi.

Silence sentit sa gorge se serrer. Cela faisait deux ans, maintenant. Deux ans depuis « l'accident ». Tout ce dont elle se rappelait, c'était ce camion surgissant de nulle part, le bruit des freins, l'inscription « Miller, fruits et légumes» qui grossissait, grossissait... le hurlement de sa mère et puis plus rien. Rien avant son réveil dans une chambre d'hôpital.

— Je sais et je suis désolée de ne plus être cette fille-là. Mais je n'y peux rien. Ce n'est ni ma faute, ni la tienne. C'est comme ça, c'est tout, répondit-elle, une lueur de tristesse dans le regard.

Oriel baissa la tête. Non, ce n'était pas la faute de Silence si elle avait changé. Ça faisait seulement partie des séquelles de l'accident. De toutes petites séquelles, compte tenu des circonstances. Il ne l'avait jamais dit à sa sœur mais les médecins l'avaient déclarée morte à son arrivée à l'hôpital. Il avait même entendu l'une des infirmières dire à une autre : « Quand la petite Crochemort s'est remise à respirer pendant qu'on la descendait à la morgue, le docteur Cooper a dit qu'il n'avait jamais vu une chose pareille et que c'était un vrai miracle ». Puis sa collègue avait répondu : « Tout le monde ne parle que de ça... Certains prétendent même qu'elle a ressuscité. »

— Je n'aurais pas dû dire ça, balbutia Oriel. Je suis désolé.

Silence et lui se ressemblaient beaucoup. Tous deux avaient les traits fins et réguliers, un teint de porcelaine, le nez droit, des cheveux noirs et des yeux d'un bleu si pâle et si intense à la fois, qu'on avait l'impression de s'y noyer. Il était plus grand et plus large d'épaules que Silence, mais il était impossible, en les voyant, de ne pas deviner leur lien de parenté.

— Je ne suis pas vexée, espèce d'idiot ! Mais je veux que tu ailles voir un médecin...

— Un médecin ?

— Un psychanalyste. Je pense que ton inconscient essaie de te dire quelque chose.

— Et moi, je pense que tu devrais brûler ces stupides bouquins de psychologie que tu lis tout le temps et arrêter de raconter n'importe quoi, répliqua Oriel d'un ton moqueur.

— *Là, il marque un point,* ricana une voix dans la tête de Silence. *Je te l'ai dit mille fois : je ne suis pas une maladie mentale.*

— *Non, tu es une chimère créée par mon cerveau,* lui répondit Silence.

— *Qui dit ça ?* demanda la voix.

— *Le docteur Anderson.*

— *Ah ces psychiatres... Il faut toujours qu'ils trouvent des explications tordues aux choses les plus simples... Si tu veux mon avis, ce sont eux qui devraient consulter,* pouffa la voix.

Silence avait commencé à entendre la voix peu de temps après son arrivée à l'hôpital. Elle en avait d'abord parlé au neurologue, qui lui avait certifié que ses hallucinations auditives n'avaient aucune cause physiologique et qu'elle n'avait ni tumeur, ni lésion cérébrale pouvant expliquer ce phénomène. Puis au psychiatre, qui lui avait dit qu'il s'agissait d'un trouble psychologique dû à un choc post-traumatique et que le cerveau de Silence lui avait simplement créé une sorte « d'ami imaginaire », afin de l'aider à traverser toutes ces épreuves. Des épreuves qu'elle n'était pas encore capable d'appréhender d'un point de vue émotionnel. Il avait même ajouté que c'était un processus de défense tout à fait normal et qu'elle ne devait pas s'inquiéter. Deux ans s'étaient écoulés depuis ce drame. Silence allait beaucoup mieux, mais cette maudite voix dans sa tête n'avait toujours pas disparu. Au contraire, elle lui parlait sans arrêt et semblait perpétuellement se moquer d'elle.

Oriel se racla la gorge pour attirer l'attention de sa sœur.

— Tu fais encore cette tête… c'est elle, pas vrai ? C'est la voix ? Elle te parle, hein ?

Silence ne tenta même pas de le détromper.

— Oui. La plupart du temps, j'essaie de l'ignorer mais parfois, je n'y arrive pas et…

— Ce n'est pas grave. Elle va bien finir par s'en aller. Tu n'es pas folle, je le sais, affirma Oriel avec conviction.

— *Non, tu n'es pas folle, je confirme,* ricana la voix.

Chapitre 2

La vieille maison avait une façade blanche, un toit de tôle, une véranda à l'arrière et un porche à l'avant, donnant sur une petite route. Des chants d'oiseaux filtraient à travers les moustiquaires. Entrant dans la cuisine, Silence jeta un bref regard au vieux plan de travail saupoudré de farine, puis au gros plat de terre cuite sur la cuisinière avant de faire demi-tour, de remonter le petit couloir et de pousser la porte menant sous le porche. Il y faisait chaud et le café fumant que buvait Mme Evans avait l'air plus chaud encore.

— Bonjour, madame Evans, dit Silence en avançant au bout de la petite terrasse en bois pour contempler le ciel d'un bleu immaculé.

Non, non, elle avait beau regarder, aucun nuage ne se profilait à l'horizon. Ce n'était pas vraiment une surprise. Dans cette ville, le ciel était tout le temps dégagé et les températures élevées. Il n'y avait pas de véritable hiver et les jours de pluie se faisaient rares.

— Bonjour, Silence, tu as bien dormi ?

Vêtue d'une robe à fleurs et d'un tablier blanc, les cheveux courts et grisonnants, Mme Evans était toujours souriante et possédait le don de mettre les gens à l'aise. Son mari, Franck, et elle accueillaient des orphelins au sein de leur foyer depuis une bonne vingtaine d'années et ils avaient la réputation d'être la famille d'accueil la plus gentille et chaleureuse de la région. Du moins, c'était ce que Mme Ellis, la dame des services sociaux, leur avait dit, à Oriel et à elle, quand elle avait décidé de les placer chez les Evans. Et après avoir passé une année sous leur toit, Silence devait bien admettre qu'elle n'avait pas menti : M. et Mme Evans étaient de braves gens et ils avaient un cœur d'or.

— Si tu veux un verre de citronnade, je viens juste d'en mettre au frais, ajouta Mme Evans avec l'accent chantant du Sud.

— Merci, mais je n'ai pas soif, répondit Silence.

— Dans ce cas, viens là, petite, viens t'asseoir près de moi, fit Mme Evans en tapotant le dossier de la chaise en osier jouxtant la sienne.

Silence hocha la tête et s'installa près d'elle.

— J'ai aussi fait une tarte, poursuivit Mme Evans, mais il va falloir attendre un peu. Elle est encore au four.

Silence ne prit pas le risque de répondre qu'elle n'avait pas faim, non plus. Mme Evans se targuait d'être une excellente cuisinière et elle aurait pris son refus pour un affront personnel ou pire, elle se serait inquiétée et aurait aussitôt posé des tas de questions gênantes : Silence, tu ne te sens pas bien ? Tu as de la fièvre ? Mal au ventre ? Tu n'es pas triste au moins ?

— Oh bon sang ! C'est une vraie fournaise aujourd'hui ! remarqua soudain Mme Evans en essuyant d'un revers de manche les gouttes de sueur qui perlaient sur son front.

Silence se pencha légèrement vers elle et répondit en souriant :

— Si maman était encore là, elle vous dirait qu'on voit bien que vous n'avez jamais connu le froid, celui qui vous fait claquer des dents et vous glace jusqu'aux os, ni vu un brouillard recouvrir pendant des mois une ville entière comme un manteau de ténèbres.

Mme Evans haussa les sourcils et Silence soupira. Elle ne l'avait jamais remarqué étant enfant, mais maintenant qu'elle avait grandi, Silence réalisait combien sa mère s'exprimait de façon singulière, comme si elle avait vécu à une autre époque. Un autre temps.

Mme Evans se mit à rire.

— Ça n'existe pas des villes comme ça ! Enfin, si, peut-être dans le Nord, je ne sais pas parce que je n'y ai jamais mis les pieds, mais qui sait ? Ta mère venait peut-être de là-bas !

Pour être honnête, Silence n'en avait aucune idée. Sa mère avait toujours refusé de parler de son passé. Si bien que ses enfants ne savaient pas grand-chose sur elle ou sur l'endroit d'où elle venait. Ils savaient seulement qu'après le décès accidentel de leur père, leur mère avait décidé de quitter la ville où ils avaient grandi et qu'elle avait juré de ne plus jamais y remettre les pieds.

— Je ne sais pas, c'est possible. Maman ne voulait pas en parler, elle disait que ça lui rappelait trop de mauvais souvenirs.

— Mais tu voudrais bien savoir, hein ? Je vais te confier une chose : quand quelqu'un ne dit rien, c'est qu'il a d'excellentes raisons de ne rien dire et qu'il ne faut pas aller chercher plus loin ! Ta mère vous a bien élevés, ton frère et toi, et moi, ça me suffit pour savoir que c'était une dame bien !

Mme Evans était sincère. Elle n'avait jamais vu d'adolescents plus polis, plus cultivés ou qui possédaient d'aussi bonnes manières que les jumeaux Crochemort. Non, ça, jamais ! À les voir comme ça, on pouvait presque croire qu'ils avaient voyagé dans le temps et qu'ils venaient d'un autre siècle.

— Merci, madame Evans, dit Silence avec un grand sourire.

Cette dernière lui fit un clin d'œil, puis se leva de son siège et entra dans la maison, avant de revenir quelques instants plus tard avec une cruche de citronnade dans une main et un verre dans l'autre.

— Tiens ! Bois, petite ! Tu vas être toute déshydratée !

Silence n'hésita pas et prit le verre que Mme Evans lui tendait.

— Je peux avoir un autre verre pour l'apporter à Oriel ?

— Surtout pas, malheureuse ! Si tu lui apportes à boire et à manger, il ne sortira plus jamais de sa chambre ! C'est à peine s'il m'a adressé deux mots depuis le début des vacances !

— Il faut lui pardonner, ça n'a rien à voir avec vous, madame Evans, répondit Silence, gênée. C'est juste qu'il ne se sent pas très bien en ce moment.

Mme Evans l'observa attentivement. S'ils se ressemblaient physiquement, les jumeaux divergeaient complètement en matière de caractère. Silence était solitaire, farouche, cynique et difficile à apprivoiser. À son arrivée, elle avait l'air d'un véritable fantôme. Elle était maigre, triste et ne dégoisait pas un mot. Mme Evans avait dû patienter de longs mois avant de la voir sortir de sa torpeur, s'intéresser aux autres et manger à nouveau. Mais pas Oriel. Non, Oriel, lui, était calme, réfléchi, sociable, ouvert et incroyablement mûr pour un garçon de son âge. Il s'était tout de suite adapté à son nouvel environnement et ne lui avait jamais posé la moindre difficulté. Du moins, jusqu'à maintenant.

— C'est à cause de ses cauchemars, c'est ça ?

Sa question prit Silence au dépourvu.

— Euh… oui, oui. Vous avez entendu ?

Mme Evans poussa un soupir. Difficile de faire la sourde oreille avec tous ces hurlements qui faisaient pratiquement trembler les murs de la maison.

— Monsieur Evans et moi, on a fait comme si de rien n'était pour ne pas le gêner : après tout, Oriel a quinze ans, ce n'est plus un bébé. Mais je ne sais pas combien de temps monsieur Evans va continuer à se réveiller en sursaut toutes les nuits avant de me faire une crise cardiaque.

— Oui, mais qu'est-ce qu'on y peut ? soupira Silence.

— *À part bâillonner ton frère pour l'empêcher de crier ? Rien*, plaisanta la voix dans son crâne.

Silence l'ignora et observa Mme Evans, qui paraissait réfléchir sérieusement à la question.

— Je crois que le vieux Joe pourrait nous aider.

— Le vieux Joe ? Oh oui, ça me dit quelque chose, je l'ai déjà vu ici, non ? dit Silence.

Mme Evans acquiesça.

— Quand toi et ton frère veniez juste d'arriver, oui. Mais ça doit faire au moins un an qu'il ne nous a pas rendu visite. Enfin bref, le vieux Joe est une sorte de magnétiseur, mais il sait faire des tas d'autres choses. Tu sais ce qu'est un attrape-rêves ?

— Oui, c'est un talisman qui protège les gens des cauchemars et des mauvais esprits, répondit Silence.

— Exact. Et je vais demander au vieux Joe d'en fabriquer un pour Oriel.

Silence écarquilla les yeux. Elle ne croyait pas vraiment au pouvoir des talismans et autres gris-gris, mais il était inutile de l'avouer à Mme Evans. Dans cette région, les gens possédaient leurs propres croyances, leurs propres idées, et une fois qu'ils étaient persuadés de quelque chose, il était impossible de les faire changer d'avis.

— Vous pensez qu'il acceptera ?

Mme Evans haussa les épaules.

— Ben, il n'a aucune raison de refuser.

— Et si l'attrape-rêves ne marche pas ? Je veux dire… ça doit arriver, de temps en temps, non ?

— Rarement. Le vieux Joe connaît son affaire, mais si ça ne marche pas, on emmènera ton frère chez le fils de mon amie Suzanne. On dit que c'est un excellent psychologue.

Silence acquiesça. Un psychologue ? Oui, ça, en revanche, ça semblait être une bonne idée.

— *Désolé de jouer les oiseaux de mauvais augure, mais ce n'est pas un trifouilleur de cervelle qui pourra l'aider,* persifla soudain la voix dans sa tête.

— *Je t'ai demandé ton avis ?* lui répondit Silence.

— *Oh moi, je dis ça, je dis rien,* rétorqua la voix.

— *Oui, eh bien ne dis rien, ça vaut mieux comme ça.*

Chapitre 3

Joe gara sa voiture devant la vieille maison de Barbara et Edouard Evans, coupa le moteur, puis, pris d'une impulsion soudaine, le redémarra presque immédiatement. Il pouvait partir, oui. Il pouvait encore partir, il suffisait pour ça d'appuyer sur l'accélérateur et de s'éloigner de cet endroit. Rien ne le forçait à entrer dans cette maison, après tout. Il pouvait toujours dire à Barbara Evans de venir chercher l'attrape-rêves chez lui, prétexter qu'il n'avait pas eu le temps de se déplacer, et…

— Joe, je peux savoir ce que tu fabriques ? demanda soudain Mme Evans en tapant sur la vitre. Pourquoi restes-tu dans cette maudite voiture au lieu d'entrer ?

Joe ouvrit à contrecœur sa portière en tâchant de dissimuler le tremblement de ses mains.

— Barbara ! Ça fait un bout de temps, dis donc, fit-il avec un sourire forcé.

— Presque un an, Joe ! répliqua Mme Evans d'un ton de reproche.

— Eh oui, le temps passe. Alors, qu'est-ce que tu deviens ? demanda-t-il en se penchant pour récupérer un petit paquet sur la banquette arrière.

— Oh ben, c'est toujours pareil. Je m'occupe des enfants…

— Les jumeaux ne sont plus des enfants mais des adolescents, si je ne m'abuse, remarqua-t-il, la gorge serrée, en sortant de la voiture.

— C'est vrai, mais ils sont si mignons ! rétorqua Mme Evans avec un sourire attendri.

Joe haussa les sourcils. « Mignons » n'était certainement pas le premier mot qui lui venait à l'esprit quand il pensait à ces deux-là. Et surtout pas en ce qui concernait la gamine. Il lui suffisait de se remémorer sa première rencontre avec Silence pour sentir un frisson remonter le long de son échine et une peur panique le submerger. Jamais, non, jamais Joe n'avait ressenti un tel frisson d'effroi devant qui que ce soit. Et un dégoût si intense, qu'il avait dû se précipiter vers la salle de bain en courant pour vomir. Quand c'était arrivé, les Evans n'avaient rien compris. Ils avaient probablement pensé qu'il était malade ou qu'il avait bu un coup de trop, et Joe n'avait pas trouvé le courage de les détromper et de leur dire la vérité, mais il s'était débrouillé pour ne plus jamais remettre les pieds dans cette maison, depuis.

— Allez Joe, entre, ça fait longtemps qu'on n'a pas eu l'occasion de discuter, insista Mme Evans en le regardant.

Joe avait la peau ridée et foncée, les yeux légèrement en amande, la mâchoire carrée et les cheveux gris tombant en mèches épaisses sur la nuque. Nul ne connaissait son âge ou son nom de famille, et Mme Evans ne se souvenait pas avoir entendu quelqu'un l'appeler autrement que « Joe » ou « vieux Joe ».

— C'est très gentil, Barbara, mais je suis déjà en retard et…

— Tu as fait tout ce chemin pour venir jusqu'ici, il n'est pas question que je te laisse repartir de chez moi sans avoir bu un bon café et avalé un bout de tarte, Joe !

— C'est que les Meyers m'attendent. Leur petite Zoé fait une crise d'urticaire.

— Une crise d'urticaire n'est pas ce qu'on appelle une urgence, pas vrai ? remarqua Mme Evans.

— Non, non, mais…

Elle fronça sévèrement les sourcils.

— Continue à essayer de te trouver des excuses pour ne pas goûter à ma tarte et tu vas finir par me vexer, Joe.

Conscient qu'elle ne lui laisserait pas d'échappatoire, Joe hocha la tête avec réticence, puis prit un vieux mouchoir en tissu dans la poche arrière de son jean pour éponger les gouttes de sueur qui coulaient le long de son cou.

— Il fait sacrément chaud aujourd'hui, remarqua-t-il en remontant la petite volée de marches en bois qui menaient à l'entrée.

— Oui, et il n'y a qu'un vieil homme têtu comme toi pour oser porter une chemise à manches longues et des bottes avec un soleil pareil !

Joe sentit les battements de son cœur s'accélérer en franchissant le seuil. Un an, cela faisait un an depuis l'arrivée de Silence. Un an qu'il n'avait pas entendu ce murmure dans ses oreilles, ce murmure incessant qui lui ordonnait de déguerpir et de ne plus jamais revenir.

— Bonjour, monsieur Joe, fit une voix alors qu'il entrait dans la cuisine.

L'homme se figea tandis que son regard tombait dans celui de Silence, comme on tombe dans un puits noir et profond. Et il sentit soudain ses jambes flageoler.

— Ça ne va pas, Joe ? s'inquiéta aussitôt Mme Evans en le voyant s'affaler brusquement sur une chaise.

— Non, non, j'ai juste la tête qui tourne... Je n'ai pas eu le temps de prendre mon petit déjeuner ce matin, mentit-il.

— Ah, dans ce cas, un café et une part de tarte devraient te faire le plus grand bien. Ce n'est pas bon de partir le ventre vide.

Joe esquissa un rictus. Non, ce qui n'était pas bon, c'était d'être retourné dans cette maison. La petite n'en avait pas conscience, bien sûr. Les « gens comme elle » n'en ont jamais conscience... Ils ignorent que leur âme est corrompue, ignorent que la pourriture se propage en eux en contaminant tout le reste, ignorent qu'elle se répand comme une moisissure nauséabonde dans tout leur être. Mais quand on est comme Joe, qu'on sait voir ce que les autres ne peuvent pas voir, quand on possède ce don et qu'on se retrouve face à une aura aussi visible, tangible et effrayante que celle de Silence Crochemort, on n'a plus qu'une idée en tête : fuir. Fuir aussi vite et aussi loin qu'on le peut.

— J'espère que vous aimez la tarte à la rhubarbe, monsieur Joe, dit Silence en posant une petite pile d'assiettes à dessert sur la table.

Joe hocha la tête sans répondre, ni la regarder.

— Un grand ou un petit café ? demanda Silence en allant chercher la cafetière sur la gazinière.

— Grand, répondit Joe laconiquement, les yeux baissés.

— Voilà, fit Silence en remplissant un bol à ras bord.

Le vieux Joe ne l'aimait pas, elle le sentait. Elle en ignorait la raison et pour tout dire, ça n'avait pas d'importance. Personne, dans cette ville, ne l'appréciait de toute façon. Ni ses camarades de classe, ni les amis de son frère, ni les professeurs. Et pour être honnête, elle ne leur en voulait pas vraiment. Dans son ancienne école, Silence faisait partie des élèves les plus populaires, le genre d'élève qui n'aurait jamais regardé ou adressé la parole à une fille qui ne sourit jamais et qui ne dégoise pas un mot. Une fille bizarre qui ne s'intéresse ni aux réseaux sociaux, ni aux matchs de foot, ni aux vêtements, ni aux garçons. Il arrivait à Silence, de temps en temps, de regretter l'époque où elle avait une vie normale. Certains jours, elle se disait que ce serait bien d'avoir une amie. Une amie qui ne la prendrait pas pour une folle et que son comportement étrange n'effraierait pas. Une amie à qui se confier et à qui raconter tout ce qu'elle ne pouvait pas dire à Oriel.

Mme Evans, qui observait Silence, lâcha avec un petit rire :

— Tu as vu ? Notre Silence a bien changé, Joe ! Elle a toujours un sacré caractère et du tempérament à revendre, bien sûr, et elle ne parle pas encore beaucoup mais elle fait des efforts.

Joe ne répondit pas, avala un bout de tarte, puis demanda au bout d'un moment :

— Et Oriel ? Où est-il ?

— Dans sa chambre. Il n'en est pratiquement pas sorti depuis le début des vacances, soupira Mme Evans.

Joe lui jeta un regard étonné. D'après ce que Barbara lui avait dit au téléphone, Oriel avait toujours eu un comportement normal. Il jouait au foot, avait des amis et ressemblait à n'importe quel autre adolescent. Du moins, jusqu'alors.

— Bah, tous les jeunes sont un peu comme ça, de nos jours, non ? Ils jouent pendant des heures aux jeux vidéo ou passent leur temps sur leur smartphone…

— Pas Oriel. Mon frère n'est pas comme ça, intervint Silence.

— Elle a raison, Joe. Il y a quelque chose qui ne va pas, confirma Mme Evans. Tout ça, c'est depuis qu'il fait ces cauchemars…

Joe hocha la tête pensivement et désigna le paquet qu'il avait posé sur la table.

— Dans ce cas, j'espère que mon attrape-rêves pourra l'aider.

— Pourquoi ne le lui apportes-tu pas ? Tu pourrais en profiter pour lui parler, suggéra soudain Mme Evans.

Joe haussa les sourcils.

— Lui parler de quoi ?

— Mais de ses rêves. Tu sais écouter, Joe. Non seulement tu sais écouter, mais tu as un don pour soigner les gens.

— Je soigne le mal de dos, l'arthrite, les verrues et ce genre de choses, Barbara. Si ce garçon ne va pas bien, tu dois l'emmener voir un médecin, répondit Joe.

— Tu as bien guéri Amanda Waters de ses insomnies et Steven Smith de ses troubles du sommeil, non ? Je t'en prie. Je ne te demande que quelques minutes, insista Mme Evans.

Joe hésita puis, comprenant que Barbara ne le laisserait pas se défiler, il se leva de sa chaise et se dirigea vers la porte en disant :

— D'accord, mais je ne te promets rien.

Puis il ajouta, en franchissant le seuil :

— Ne bouge pas, je connais le chemin.

Joe découvrit Oriel assis sur son lit, un livre ouvert devant lui et les yeux tournés vers la fenêtre.

— Je ne veux pas y aller, dit-il.

Joe fronça les sourcils en entendant cette réflexion que rien ne semblait justifier, puis approcha prudemment du lit pour observer le garçon.

Il avait l'air d'être dans un état de semi-somnolence, son regard était vide, il était pâle et avait de grands cernes noirs sous les yeux.

— Mon garçon, tu m'entends ? C'est moi, Joe… Je t'ai apporté quelque chose, dit-il en lui tendant l'attrape-rêves qu'il tenait entre les mains.

Comme Oriel ne réagissait pas, Joe s'approcha davantage.

— Oriel ?

Ce dernier tourna lentement la tête vers lui :

— Bonjour, monsieur. Désolé, je ne vous avais pas entendu.

— Tu vas bien, mon garçon ? Parce que tu n'as vraiment pas l'air d'aller bien, remarqua Joe.

— Je ne sais pas trop… Je crois que j'étais en train de rêver.

— Tu rêvais à quoi ?

Les traits du visage d'Oriel se durcirent brusquement.

— Je ne sais pas. Je ne me souviens pas.

« Bien sûr que si, tu le sais », songea Joe en posant l'attrape-rêves sur la table de chevet.

— Tu permets que j'essaie quelque chose ?

— Quoi ? demanda Oriel d'un ton méfiant.

— Tu sais que j'ai une sorte de don… Oh, ce n'est pas de la magie ou quoi que ce soit de ce genre… mais je possède un certain magnétisme dans les mains qui aide les gens à se sentir mieux.

— Oui, je sais. Mme Evans nous l'a expliqué. Elle nous a même dit que votre grand-père était chaman.

Joe sourit.

— Il l'était. Mais je ne suis malheureusement pas aussi doué que lui. Alors, tu me permets d'essayer ?

Oriel hésita, puis acquiesça.

— Tourne-toi vers moi. Ça fait longtemps que tu fais ces cauchemars ? demanda Joe.

— Quelques semaines.

Joe fronça les sourcils puis prit la tête d'Oriel entre ses mains.

— Reste tranquille, détends-toi et ferme les yeux.

Joe n'était pas coutumier du fait, mais il lui arrivait de *voir* certaines choses au contact des gens. Comme des flashs. Et en touchant Oriel, une brève vision apparut soudain dans son esprit. L'image s'effaça et Joe écarta aussitôt ses doigts comme s'il venait de se brûler et refoula la peur qui venait de le submerger

— Ça y est ? Vous pensez que ça va marcher ? Que je vais me sentir mieux ? demanda Oriel d'un ton plein d'espoir.

Joe inspira profondément pour calmer les battements de son cœur.

— Vous devez trouver cela idiot, ajouta Oriel, je sais que ce ne sont que des rêves mais...

— Ça n'a rien d'idiot, mon garçon, crois-moi. Écoute, je sais que ça va te sembler étrange, mais... tu vas devoir rester prudent, très prudent, et te fier à ton instinct...

Oriel fit les yeux ronds.

— Prudent ? Euh… d'accord.

— Bien, fit Joe avant de se diriger vers la porte de la chambre en ajoutant : N'oublie pas d'accrocher l'attrape-rêves au-dessus de ton lit. Je doute qu'il te soit d'une grande utilité mais ça tranquillisera un peu Barbara. La pauvre s'inquiète beaucoup pour toi.

Chapitre 4

Petite, le visage bruni par le soleil et les cheveux d'un blond doré, Mme Ellis fixa Barbara Evans, puis les jumeaux de ses yeux noirs en entrant dans la cuisine. Elle ne devait pas avoir plus de trente-cinq ans, pourtant son regard était dur et froid, comme si travailler pour les services sociaux et venir en aide aux enfants maltraités ou orphelins avait épuisé toutes ses réserves de compassion passées, présentes et probablement à venir.

— Vous savez que nous avons effectué de nombreuses démarches après le décès de votre mère, afin de retrouver des membres de votre famille dans l'espoir que l'un d'eux puisse prendre soin de vous jusqu'à votre majorité.

— Et vous avez découvert que nous n'avions plus de famille, on sait, oui, répondit sèchement Oriel.

Mme Ellis toucha nerveusement le col de son fin chemisier de coton.

— C'était ce qu'il était ressorti de notre enquête à ce moment-là, mais il semble que nous ayons commis une erreur.

— Une erreur ? s'étonna Oriel.

Mme Ellis acquiesça en ajoutant avec un sourire satisfait :

— Par chance, vos grands-parents ont récemment contacté nos services et nous avons pu mettre votre dossier à jour.

— Ah oui ? Et ils ont fait comment ? Ils ont embauché un médium ? ricana Silence. Ou mieux, ils sont brusquement sortis de leur tombe et sont venus frapper à la porte de votre bureau ?

— Voyons, Silence, la réprimanda doucement Barbara Evans.

— Laissez, madame Evans, ce n'est pas grave, affirma Mme Ellis avec un petit pincement de lèvres, avant de reporter son attention sur Silence : Vos grands-parents maternels sont effectivement décédés, jeune fille, mais pas vos grands-parents paternels. Eux vont très bien et vivent dans une petite ville qui s'appelle…

Elle s'interrompit, pensive, puis dit finalement :

— Navrée, je ne m'en souviens pas, mais…

Oriel fronça les sourcils.

— Attendez, vous êtes certaine qu'il s'agit bien de nos grands-parents ? Parce que notre mère nous a toujours dit que…

— Écoutez, le coupa sèchement Mme Ellis, j'ignore ce que vous a dit votre mère ou pourquoi elle vous a menti, j'imagine qu'elle a dû se quereller avec la famille de votre père après son décès et qu'elle n'a pas souhaité rester en contact avec eux, mais je peux vous certifier que vos grands-parents ont tout fait pour vous retrouver durant toutes ces années et qu'ils se font une joie à l'idée de vous accueillir chez eux.

Oriel et Silence tressaillirent sous l'effet de la surprise.

— Comment ça « de nous accueillir chez eux » ? se récria Silence.

— Mais parce que ce sont vos grands-parents. Et dès qu'ils ont été informés de votre situation, ils ont immédiatement entrepris les démarches nécessaires et déposé une requête auprès du tribunal pour devenir vos représentants légaux.

— Nos représentants légaux ? Mais on ne les connaît même pas ! s'offusqua Silence.

— Je comprends que ça vous semble un peu rapide, reconnut Mme Ellis. Nos services ont été pris de court eux aussi, mais le juge a d'ores et déjà répondu favorablement à leur demande, par conséquent…

Silence et Oriel écarquillèrent les yeux. C'était une blague, c'était forcément une blague ! Aucune procédure judiciaire ne se déroulait aussi vite et aucun juge ne prenait normalement une telle décision sans avoir entendu toutes les personnes concernées.

— Le juge a répondu oui, comme ça ? Sans nous avoir jamais rencontrés et sans même nous demander notre avis ? s'écria Silence, outrée.

Mme Ellis haussa les épaules.

— Vous n'avez pas d'autre famille et vos grands-parents ont présenté toutes les garanties morales et financières nécessaires, il n'avait donc aucun motif valable de refuser.

Remarquant les regards hostiles d'Oriel et de Silence, elle crut bon d'ajouter :

— Je sais que ce n'est pas la procédure habituelle et qu'on aurait dû vous laisser un peu plus de temps pour faire connaissance avec eux, mais c'est une grande chance pour vous, non ? Une incroyable nouvelle !

Silence et Oriel échangèrent un regard consterné. Ou Mme Ellis était idiote, ou elle faisait semblant de ne rien comprendre. Ça aurait pu l'être. Oui, ça aurait pu être une bonne nouvelle si leurs grands-parents avaient bien fait les choses, s'ils avaient pris la peine de venir les voir, de les connaître, avant de s'adresser à un juge, mais dans ces conditions ? Non, dans ces conditions, ça ne leur disait rien de bon.

— Désolés de ne pas partager votre enthousiasme, madame Ellis, déclara Oriel, mais nous ne sommes pas des vêtements ou des sacs que leurs propriétaires peuvent réclamer aux objets perdus ! Si nos grands-parents étaient des gens « bien », ils auraient demandé à nous rencontrer avant d'engager un avocat.

— Voyons, le coupa aussitôt Mme Ellis, ce n'est pas comme ça que vous devriez…

— Qu'on devrait quoi ? Voir les choses ? Désolé, mais j'imagine mal comment on pourrait les considérer autrement, affirma sèchement Oriel.

— Ce n'est pas tout, ajouta Silence. Notre mère était une femme gentille et profondément honnête, madame Ellis. Elle ne nous aurait jamais menti au sujet de nos grands-parents s'il n'y avait pas eu un problème avec eux.

La jeune femme prit un court temps de réflexion.

— Vous savez, j'ai connu de nombreuses histoires de famille, et les choses sont rarement aussi simples…

— Madame Ellis a raison, intervint soudain Barbara Evans. Peut-être devriez-vous seulement laisser un peu de temps à vos grands-parents et apprendre à les connaître avant de les juger. Les gens sont souvent bien meilleurs qu'on l'imagine.

Silence soutint un instant le regard doux, mais insistant, de Mme Evans, puis poussa un soupir et questionna :

— C'est votre avis, madame Ellis ? Nos grands-parents vous ont-ils paru sympathiques ? Vous ont-ils fait bonne impression ?

— Je l'ignore, répondit cette dernière.

Oriel haussa les sourcils, surpris.

— Vous l'ignorez ?

— Je n'ai jamais eu affaire directement à eux, seulement à leur avocat, maître Wingham, avoua-t-elle d'un ton légèrement embarrassé.

Les deux jumeaux échangèrent un regard consterné et Silence éclata d'un rire nerveux avant de demander :

— Vous voulez dire qu'ils ne sont même pas venus à l'audience ?

Mme Ellis se racla la gorge.

— Non, mais ça ne veut rien dire. Peut-être étaient-ils souffrants ou dans l'incapacité de se déplacer ou…

— Ou peut-être s'en moquent-ils et ont-ils quelque chose de plus intéressant à faire ? termina Silence d'un ton sarcastique.

— Bon, écoutez, je comprends votre surprise et le fait que vous vous posiez des questions, mais le juge a pris sa décision et il n'y a plus rien que vous puissiez faire à part préparer vos bagages.

— Leurs bagages ? Pourquoi ? Quand doivent-ils partir ? Pas tout de suite, quand même ! s'affola Barbara Evans.

— Non, demain, lui répondit Mme Ellis avant de reporter son attention sur Silence et Oriel et d'ajouter : Maître Wingham viendra vous chercher tôt dans la matinée.

Mme Evans hoqueta de surprise.

— Demain ?! Vous ne pensez pas qu'il faudrait leur accorder quelques jours de plus ? Demain, ça me paraît précipité… Les jumeaux ne vont pas pouvoir dire au revoir à leurs amis, ni récupérer les affaires qu'ils ont laissées dans leurs casiers et…

— Je suis navrée, répondit la jeune femme, mais la décision ne m'appartient pas. Oriel et Silence ne dépendent plus de nos services désormais. Or, les Crochemort désirent que leurs petits-enfants les rejoignent au plus vite et ont déjà tout organisé.

— Nous pourrions peut-être contacter maître Wingham pour lui demander de nous accorder un peu plus de temps, l'interrompit doucement Barbara Evans.

— Je doute que ce soit possible. D'après ce que j'ai compris, des affaires urgentes attendent maître Wingham à son cabinet et il ne peut pas se permettre de s'attarder plus longtemps dans la région, répondit sèchement Mme Ellis avant de poser un petit dossier bleu sur la table et d'ajouter en se levant de sa chaise : Silence, Oriel, je vous laisse ces documents. Il y a divers papiers administratifs ainsi qu'une copie du jugement délivré par le tribunal.

Elle salua ensuite Barbara Evans d'un signe de tête, se dirigea vers la porte, puis lança, en pivotant vers les jumeaux :

— Vous savez, ce n'est pas tous les jours que des orphelins ont une telle chance, alors ne la gâchez pas.

Mme Evans regarda Mme Ellis refermer la porte derrière elle, un peu abasourdie. Elle était heureuse pour Oriel et Silence, bien entendu. Vivre dans une famille d'accueil, même aimante, n'était pas la même chose que de pouvoir vivre au sein de sa véritable famille, mais elle ne pouvait s'empêcher de se poser des questions. En particulier sur les grands-parents des jumeaux et sur les raisons pour lesquelles ils n'avaient pas directement contacté Oriel et Silence avant d'entamer une procédure judiciaire.

— Eh bien, j'imagine que ça doit vous faire un choc, soupira-t-elle en regardant les deux adolescents.

— C'est le moins qu'on puisse dire, reconnut Silence d'une voix atone.

— Je reconnais que j'aurais préféré avoir un peu plus de temps pour préparer votre départ, mais je suis contente pour vous, dit Barbara Evans avec un sourire forcé.

— C'est gentil, madame Evans, mais je ne suis pas certain de partager votre enthousiasme, répondit Oriel en regardant sa sœur.

Ni l'un ni l'autre n'avait besoin de parler pour savoir ce que l'autre pensait, et bizarrement, aucun des deux n'avait envie de sauter de joie. Bien au contraire.

— Je vais prendre un peu l'air, ajouta-t-il en se levant.

Le couloir lui parut frais quand il sortit de la cuisine, mais Oriel savait qu'il ne s'agissait que d'une impression. Les yeux clos, il s'adossa au mur du couloir et inspira profondément. Quelques secondes plus tard, il entendit la voix de Mme Evans qui disait quelque chose, puis des bruits de pas qui se rapprochaient.

— Souris, personne n'est mort, plaisanta Silence en s'adossant contre le mur en face du sien.

— Non, c'est même le contraire : deux personnes viennent de ressusciter, ricana Oriel.

Elle se mit à rire et Oriel ne vit aucune frayeur dans ses yeux. Aucun doute. C'était toute la différence entre eux. Oriel, lui, se sentait terriblement angoissé, presque paniqué. Pas seulement à cause du choc provoqué par la nouvelle, mais parce qu'il avait cette petite voix au fond de lui, qui ne cessait de lui murmurer « ne pars pas là-bas, ne pars pas là-bas »…

— Tu en fais une tête, tu penses à quoi ? l'interrogea Silence.

Oriel sembla hésiter puis demanda finalement :

— Tu crois aux prémonitions ?

— Non. Mais je crois à l'existence des petits hommes verts, du croquemitaine et du père Noël, répondit Silence d'un ton ironique avant d'ajouter : Bien sûr que non, je n'y crois pas… ce serait bien trop bizarre !

Oriel la dévisagea. Il y avait une telle incrédulité dans son expression qu'il sentit qu'il était inutile de lui parler de son étrange pressentiment ou de la boule qu'il avait dans l'estomac. Pas s'il ne voulait pas que Silence lui rie au nez. Elle avait beau entendre des voix, elle possédait un esprit cartésien. Le genre d'esprit qui ne se référait qu'à la logique et qui lui permettait de suivre un programme avancé en maths et en physique.

— Oui, c'est comme cette histoire de grands-parents qui sortent de nulle part, soupira Oriel.

— Hum… c'est vrai que ce n'est pas courant, mais bon, j'imagine que ça peut arriver…

— D'accord, mais pourquoi maintenant ? Pourquoi est-ce que ça arrive juste avant les sélections ? Ça va gâcher toutes mes chances !

Ils n'en avaient jamais parlé, mais Silence savait que grâce à ses performances sportives, Oriel aurait probablement obtenu une bourse pour poursuivre ses études et qu'elle en aurait obtenu aussi une de son côté pour ses excellents résultats scolaires, et que ni l'un ni l'autre n'avait envie que leurs projets s'effondrent.

— C'est vrai que c'est un changement, soupira Silence, d'autant qu'on ne sait rien sur les Crochemort. Pas même où ils habitent. Si ça se trouve, on va se retrouver dans un bled encore plus paumé qu'ici.

Oriel fronça les sourcils.

— Je suppose qu'il doit y avoir leur adresse dans les papiers que Mme Ellis a laissés dans la cuisine.

— Exact ! Ne bouge pas, j'arrive, répondit Silence avant de remonter le couloir en courant.

Mme Evans, qui était en train de préparer le repas, tournait le dos à la porte et ne l'entendit pas entrer.

Balayant la cuisine du regard, Silence prit les documents qui se trouvaient sur le buffet puis s'éclipsa sans faire de bruit.

— Tu les as ? demanda Oriel, qui l'attendait dans le couloir.

Silence acquiesça et ils se dirigèrent ensuite vers leur chambre.

— Laisse-moi faire, je lis plus vite que toi, lança Silence en se jetant sur son lit avant d'ouvrir le dossier.

Actes de naissance, certificat de décès de leur mère, décision de placement... Elle éplucha consciencieusement leurs documents personnels avant de s'attaquer à ceux concernant la demande de garde et le jugement.

— Alors ? Ils habitent où ? s'impatienta Oriel au bout d'un moment.

Silence fronça les sourcils tout en faisant glisser son doigt sur l'une des feuilles. Le nom de la ville était imprimé là. Elle voyait les lettres, mais c'était comme si son cerveau était soudainement incapable de les assembler pour former un seul mot.

— Silence ?

Elle releva la tête, ses pensées confuses, anarchiques, emmêlées comme les fils d'une pelote de laine tombée entre les pattes d'un chat.

— Je ne comprends pas... je n'y arrive pas.

— Quoi ? Qu'est-ce que tu racontes ? demanda Oriel d'un air étonné avant de lui arracher les papiers des mains et de s'écrier : Voilà, regarde, c'est marqué là ! Les Crochemort vivent à...

Mais le regard d'Oriel se brouilla d'un seul coup et il poussa soudain un hurlement de douleur. Un millier d'aiguilles… il avait l'impression qu'un millier d'aiguilles étaient en train de lui perforer le crâne.

— Qu'est-ce qu'il se passe ? Tu t'es fait mal ? demanda aussitôt Silence d'un ton inquiet.

— Non… je ne sais pas ce que j'ai, j'ai… j'ai très mal à la tête… je sens qu'elle va exploser !

— Attends, je crois que j'ai de l'aspirine, répondit Silence en prenant une boîte de cachets dans sa table de chevet. Je vais te chercher un verre d'eau.

Préférant ne pas perdre de temps à expliquer ce qu'il se passait à Mme Evans, elle courut jusqu'à la salle de bain pour prendre le verre à dent d'Oriel.

— Tiens, bois ça, dit-elle en revenant précipitamment.

— Je ne comprends pas, c'est arrivé comme ça, d'un seul coup, geignit Oriel avant d'avaler ses cachets.

Silence fronça les sourcils. Contrairement à elle, Oriel n'avait jamais de migraine.

— Tu es blanc comme un linge. Allonge-toi.

Oriel s'étendit sur son lit. Silence s'agenouilla pour ramasser les feuilles qu'il avait fait tomber sur le sol, puis ferma les rideaux.

— Dors un peu. Je te réveillerai tout à l'heure pour préparer les bagages, dit-elle.

Puis, les papiers toujours dans la main, elle sortit doucement de la chambre et alla prendre l'air sur la terrasse. Mme Evans s'y trouvait déjà. Elle se balançait sur un vieux rocking-chair tout en enroulant une pelote de laine.

— Silence, le repas devrait être prêt d'ici une dizaine de minutes. Veux-tu que je te prépare une tasse de thé en attendant ?

— Non, merci madame, répondit Silence avant de baisser les yeux sur les feuilles qu'elle avait posées sur ses genoux.

Tout, tout ce qui concernait le jugement restait bien imprimé dans son esprit, mais elle avait beau persister, à chaque fois qu'elle essayait de lire le nom de la ville où les Crochemort habitaient, c'était toujours la même chose… son cerveau s'embrouillait et semblait incapable de le déchiffrer ou de s'en souvenir.

« C'est impossible, il doit forcément y avoir une explication », songea-t-elle, perplexe.

— *Oh, il y en a une. Il y a toujours une explication à tout, mais je ne suis pas certain que celle-ci te convienne*, dit la voix, amusée.

— *Qu'est-ce que tu en sais ? Tu es seulement une voix dans ma tête. Une hallucination.*

— *Et toi, une sale gamine pathétique qui s'accroche à la raison et à la logique comme un naufragé à sa bouée ! On fait la paire, non ?* s'esclaffa la voix.

Chapitre 5

La température en ville et dans les campagnes environnantes frôlait les trente degrés et il n'était pas encore dix heures du matin. Le ciel était d'un bleu éclatant et le soleil martelait inlassablement le crâne des hommes comme des bêtes. Installés sous le porche, les jumeaux et Mme Evans patientaient.

— Vos bagages sont prêts ? Vous êtes sûrs de ne rien avoir oublié ? demanda cette dernière en dévisageant les jumeaux tour à tour.

Les deux adolescents hochèrent la tête.

— Vous allez terriblement me manquer, soupira-t-elle tristement. Tout comme à M. Evans.

Silence et Oriel échangèrent un bref regard. M. Evans était déjà parti au travail, mais ils l'avaient entendu entrouvrir la porte de leur chambre très tôt ce matin et murmurer d'un ton bourru « Au revoir les enfants ».

— Nous vous appellerons régulièrement pour vous donner des nouvelles, affirma gentiment Silence.

— Je l'espère bien ! répondit Mme Evans d'une voix enrouée par l'émotion.

Elle avait prodigué beaucoup d'affection à tous les enfants qui lui avaient été confiés, mais elle ne s'était jamais attachée à aucun de ses protégés aussi rapidement et aussi intensément qu'aux jumeaux. Elle ne savait pas si c'était parce qu'ils étaient incroyablement intelligents ou particuliers, mais les voir partir l'attristait beaucoup.

— Et on reviendra vous rendre visite pour les vacances, ajouta Oriel. Enfin, si vous êtes d'accord, bien sûr.

— Rien ne me ferait plus plaisir, vous le savez bien ! répondit Mme Evans en souriant chaleureusement.

Les jumeaux lui rendirent son sourire puis tournèrent la tête vers le splendide Hummer blanc qui venait de se garer devant la maison.

— C'est sûrement l'avocat, remarqua Silence, en regardant avec attention le conducteur qui en descendait.

Maître Wingham était grand avec des cheveux bruns et portait un costume noir aussi triste et sobre que celui des employés des pompes funèbres. Il avait l'air fatigué et les plis sur sa veste donnaient à penser qu'il avait fait un long voyage. Il jeta un regard oblique à Mme Evans au moment où il remontait les quelques marches menant au porche, mais c'est à peine s'il répondit au sourire que cette dernière lui adressait.

— Bonjour, je suis madame Evans et voici Silence et Oriel, fit-elle en frottant nerveusement ses mains sur son tablier.

L'avocat coula un regard froid en direction des deux adolescents, puis détourna les yeux au moment même où leurs regards assombris par le soupçon et la défiance se posaient sur lui.

— Bonjour, je suis maître Wingham. Vos grands-parents m'ont chargé de vous accompagner jusqu'à Huntington Orn.

Silence fronça les sourcils. Ni Oriel ni elle n'étaient parvenus à lire le nom de la ville où vivaient les Crochemort, mais elle ne s'attendait étrangement pas à celui-là.

— Et Huntington Orn se trouve où, exactement ? s'enquit Mme Evans.

— Dans le Nord, répondit évasivement l'avocat.

— Dans le Nord ? Oh mon Dieu, ça va être un long trajet ! s'exclama Mme Evans.

Maître Wingham soupira intérieurement. Il allait devoir traverser une bonne partie du pays et faire plusieurs haltes avant d'atteindre leur destination. Ça ne l'emballait pas outre mesure. Il aurait préféré, et de loin, que les Crochemort trouvent quelqu'un d'autre pour faire ce sale boulot, mais comme ces derniers avaient insisté et qu'il lui était impossible de leur refuser quoi que ce soit, il n'avait pas eu d'autre choix que de se mettre en route et espérer que tout se passe selon le plan prévu.

— C'est pour ça que nous ne devons pas tarder à partir, acquiesça-t-il.

Oriel se pencha soudain légèrement vers lui.

— Puis-je vous poser une question, maître Wingham ?

— Je t'en prie, répondit ce dernier.

— Pourquoi nos grands-parents vous ont-ils demandé de nous emmener jusque chez eux, ma sœur et moi, plutôt que de venir eux-mêmes nous chercher ?

L'avocat haussa les épaules.

— C'est simple : ils ne le pouvaient pas.

— Pourquoi ? Ils sont malades ? demanda Oriel.

— Non.

— Trop âgés pour faire un si long trajet ? fit Silence.

— Non plus.

— Alors ils ont trop de travail ? suggéra à nouveau Oriel.

— Pas que je sache.

— Mais dans ce cas, dit Silence, pourquoi est-ce que…

— Écoutez, je n'ai pas l'intention de m'immiscer dans les affaires de votre famille plus que je ne le dois et surtout plus qu'il n'est prudent de le faire. J'ai rempli la mission qui m'avait été confiée en tant qu'avocat et je vous ramène à présent jusqu'à Huntington Orn. Mon rôle s'arrête là, c'est clair ?

Mme Evans haussa les sourcils. Si elle estimait qu'il ne revenait effectivement pas à maître Wingham de justifier l'attitude de ses clients, elle s'étonnait de la virulence de sa réaction et n'appréciait pas la façon dont il avait répondu aux jumeaux. Cela dut se lire sur sa figure, parce que l'avocat se reprit aussitôt :

— Navré... Ce que je veux dire, c'est que vous devriez en discuter plus tard avec vos grands-parents, d'accord ?

Puis, voyant que personne ne pipait mot, il reporta son attention sur Silence et lui demanda d'un ton nettement radouci :

— Tu veux que je t'aide à porter ta valise ?

— Pourquoi ? Je peux parfaitement me débrouiller seule, répondit sèchement celle-ci.

Mme Evans poussa un soupir.

— Silence, maître Wingham essayait simplement de faire preuve de...

— ... courtoisie ? Oui, j'avais compris, répliqua celle-ci avant de soulever sa valise et de la porter jusqu'à la voiture.

Elle n'aimait pas cet homme. Non, elle ne l'aimait pas du tout. Pas parce qu'il avait refusé de répondre à leurs questions ou parce qu'il les avait vertement envoyés promener, mais parce qu'il y avait quelque chose de terriblement faux chez lui. Quelque chose qui disait qu'il n'était pas l'homme qu'il prétendait être et qu'on ne pouvait pas lui faire confiance.

— Silence a des manières parfois brusques et elle est un peu sauvage, monsieur Wingham, mais c'est une gentille jeune fille, je vous l'assure.

— Oh mais je n'en doute pas, madame Evans, je n'en doute pas, répondit l'avocat avec un petit sourire hypocrite.

Il n'aimait pas les enfants et détestait encore plus les adolescents. En particulier les adolescents caractériels. Et les jumeaux Crochemort ne pouvaient être que caractériels. Caractériels et dangereux, comme tous les membres de leur maudite famille.

— Je suppose qu'il est temps de se dire au revoir, les enfants, soupira Mme Evans en rejoignant les jumeaux.

— À bientôt, madame Evans, et merci pour tout, dit Silence.

— Oui, merci, on ne vous oubliera pas, fit Oriel.

— Venez là, vous deux, répondit Mme Evans en les serrant contre elle.

Puis elle ajouta en essuyant une larme :

— Promettez-moi de revenir me voir très vite !

Les jumeaux acquiescèrent puis s'engouffrèrent dans la voiture. L'instant suivant, elle démarrait et s'éloignait dans l'allée, sous le regard ému de Mme Evans.

Ni Oriel ni Silence ne desserrèrent les lèvres pendant les premières heures de route. Installés contre le cuir luxueux de la banquette arrière, ils observaient le paysage qui défilait par la fenêtre avec l'impression de flotter dans une bulle ouatée. Comme si rien de ce qu'ils voyaient ou de ce qu'il se passait autour d'eux n'était réel.

— Je dois m'arrêter prendre de l'essence, déclara maître Wingham en rompant tout à coup le silence.

La seconde suivante, les jumeaux entendirent un bruit de clignotant, la voiture se mit lentement à ralentir, avant de s'arrêter complètement.

— Pendant que je fais le plein, profitez-en pour aller aux toilettes et acheter de quoi boire et manger, dit l'avocat en tendant quelques billets à Oriel.

— On en a encore pour longtemps d'ici jusqu'à Huntington Orn ? demanda ce dernier en les glissant dans sa poche.

— Trop longtemps pour faire le trajet d'une traite, on va devoir s'arrêter dans un motel cette nuit, répondit évasivement maître Wingham avant d'ouvrir sa portière.

En saisissant le pistolet de la pompe, il jeta un regard en biais aux jumeaux qui se dirigeaient vers la boutique de la station essence, comme s'il ne voulait surtout pas les perdre de vue – ou plutôt, comme s'il avait trop peur de les perdre de vue – puis il secoua la tête. Il n'était pas fait pour ça, non. Il n'était pas fait pour jouer les nounous. Et plus vite il pourrait se débarrasser d'eux, mieux ce serait. Garder ces gamins à ses côtés était comme jouer avec de la nitroglycérine. On ne sait jamais quand elle va vous exploser au visage.

— On vous a rapporté une bouteille d'eau et deux sandwichs, déclara Oriel en revenant avec un sac en papier dans la main.

— Où est ta sœur ? demanda maître Wingham d'un ton faussement calme.

— Aux toilettes. Elle arrive, répondit le jeune homme.

— Tu ne devrais pas la laisser seule dans ce genre d'endroit, fit l'avocat d'un ton de reproche, avant de se précipiter vers la boutique.

Oriel le suivit des yeux, surpris. Il s'imaginait quoi ? Que quelqu'un allait essayer de kidnapper Silence ? Si c'était le cas, il lui souhaitait bien du courage. Sa sœur était loin d'être aussi gentille qu'elle en avait l'air. Et elle pouvait même se transformer en vraie furie quand elle se sentait menacée. Oriel connaissait un paquet de gens qui pouvaient en attester et qui avaient sacrément regretté de l'avoir contrariée.

— Crétin de gamin inconscient, grommela maître Wingham en entrant dans la boutique.

Jetant un bref regard aux quelques clients qui s'attardaient à la caisse, il chercha des yeux le panneau indiquant les toilettes, avança au fond d'un large couloir puis s'arrêta devant la porte réservée aux dames. Trop de temps. Ça faisait bien trop de temps que Silence était là-dedans et il sentait l'angoisse le submerger. Et s'il lui était arrivé quelque chose ? Et si elle s'était blessée ? Et si quelqu'un l'avait enlevée ou…

— Poussez-vous ! Vous ne voyez pas que vous bloquez le passage ? aboya une femme dans son dos.

Maître Wingham pivota pour la regarder.

— Je cherche ma nièce. Si elle se trouve à l'intérieur, pouvez-vous lui dire que je l'attends, s'il vous plaît ?

L'expression de la femme s'adoucit.

— Elle est comment cette petite ?

— Elle est brune, elle a les yeux bleus et elle a environ quinze ans.

La femme écarquilla les yeux.

— Quinze ans ?

— Je sais, mais elle n'est pas très mûre pour son âge et…

La femme leva les yeux au ciel et entra dans les toilettes des dames sans écouter le reste. Il s'apprêtait à lui emboîter le pas, lorsqu'il entendit soudain une voix dans son dos :

— Maître Wingham ?

Faisant immédiatement volte-face, il regarda Silence. Elle avait la bouche pleine et tenait un petit sachet dans sa main.

— D'où sors-tu ? demanda-t-il en oscillant entre le soulagement et la colère.

— Oriel a pris des sandwichs et des boissons mais il avait oublié le chocolat, alors je suis allée en acheter.

Maître Wingham inspira profondément. Du chocolat ? Il avait failli faire une crise cardiaque et elle, elle était allée s'acheter du chocolat ?! Elle ne comprenait pas ce qu'il se serait passé si elle avait vraiment disparu ? Quel châtiment lui auraient fait subir les Crochemort ? Rien qu'à y songer, il sentait ses organes se liquéfier.

— Vous êtes tout pâle, il y a quelque chose qui ne va pas ? ajouta Silence en fronçant les sourcils.

— Je te cherchais et je commençais franchement à m'inquiéter. Tu es sous ma responsabilité, Silence. Ton frère et toi êtes tous deux sous ma responsabilité et je ne veux pas que tu traînes seule dans des endroits comme celui-là. Il y a beaucoup de passage ici, des gens dont on ne sait rien, peut-être même des criminels…

Silence le regarda avec étonnement. Bon, d'accord, la station-service était vieillotte mais elle était propre, bien éclairée et remplie de monde, et elle ne s'y sentait pas du tout en danger.

— Je ne voudrais pas vous vexer, maître Wingham, mais vous ne seriez pas un peu paranoïaque ?

— Pardon ?

— Vous avez des enfants ?

— Je… je…

— Non, hein ? devina Silence avec un sourire moqueur, autrement vous sauriez faire la différence entre une petite fille de cinq ans et une grande de quinze, et vous ne vous montreriez pas si ridiculement protecteur avec moi.

Maître Wingham fronça les sourcils. Il n'y connaissait effectivement rien aux enfants, mais il savait qu'aucun adolescent de l'âge de Silence ne s'exprimait de cette façon. Pas avec ces tournures de phrase et cette maturité dans les yeux, en tout cas.

— Et ça veut dire quoi, exactement ?

— Ça veut dire que me balader dans une station-service ne fait étrangement pas partie des situations les plus périlleuses que j'ai eues à connaître, croyez-moi, répliqua Silence avant de lui tourner le dos et de s'éloigner.

Maître Wingham ressentait une terrible envie de la remettre à sa place. Non mais pour qui se prenait cette petite peste ? De quel droit lui faisait-elle la leçon ? « Sauvage », avait dit Mme Evans ? Non, Silence Crochemort n'était pas « sauvage » : elle avait un gros problème avec l'autorité et n'avait pas reçu une éducation suffisamment stricte, voilà tout.

— Eh ! Ne marche pas si vite ! Attends-moi !

Oriel vit Silence revenir vers la voiture, un rictus aux lèvres, tandis que maître Wingham trottinait derrière elle d'un air furieux. Il sourit, amusé : sa sœur avait encore dû n'en faire qu'à sa tête, ce qui ne le surprenait pas vraiment.

Ouvrant la portière, Silence se glissa à ses côtés, puis lui tendit un petit sachet en disant :

— Tiens, des chocolats. Mais si j'étais toi, j'éviterais d'en proposer à maître Wingham, je crois qu'il est en train de nous faire une allergie. Regarde, il est tout rouge…

Oriel tourna les yeux vers l'avocat, qui s'apprêtait à grimper dans la voiture, et s'esclaffa.

— Et j'imagine que tu n'y es pour rien, bien sûr ?

Silence battit des paupières d'un air faussement naïf.

— Qui ? Moi ? Oh non, pour rien ! Rien du tout.

— Oriel, pourrais-tu essayer d'expliquer à ta sœur que le monde est un endroit dangereux et qu'elle devrait se montrer un peu plus prudente ? grommela maître Wingham en s'installant derrière le volant.

Oriel lui jeta un regard agacé. L'avocat pensait probablement, comme la plupart des gens, que parce qu'il était extraverti, charismatique et qu'il avait l'air bien dans sa peau – alors que Silence était plus renfermée, plus calme, plus effacée –, il pouvait exercer une influence sur sa jumelle ou avoir la moindre autorité sur elle. Mais maître Wingham se trompait. Ils se trompaient tous. Parce qu'en dépit de son comportement réservé, que beaucoup prenaient à tort pour de la timidité ou un manque de confiance en soi, Silence avait hérité de la même volonté inébranlable, la même détermination implacable et un peu effrayante, qui animait leur mère autrefois.

— Oui, Oriel, fais donc ça, murmura Silence en lui faisant un clin d'œil.

Son frère lui retourna son clin d'œil, puis ferma les yeux avec un petit sourire confiant aux lèvres. Tout allait bien se passer pour eux, quoi que puisse penser le vieux Joe. Oui, c'était certain, parce que Silence était là, à ses côtés, et qu'elle était plus solide qu'un roc. Un roc sur lequel il pouvait s'appuyer depuis qu'ils étaient nés et qui ne le laisserait jamais s'effondrer.

Chapitre 6

Ils étaient repartis du motel à l'aube et étaient sortis de la voie express des heures plus tôt pour emprunter une route secondaire. Silence regardait défiler le paysage avec intérêt. Tout était très différent ici, la végétation tout comme les bâtiments. Dans le Sud, les maisons étaient petites et construites en bois avec des extensions extérieures comme des porches ou des terrasses, alors que dans le Nord, elles étaient fabriquées en briques ou en pierres et paraissaient posséder de grandes pièces intérieures.

— C'est bizarre, je n'ai plus de réseau, grommela Oriel.

Silence fronça les sourcils. Après la voie secondaire qui leur avait fait traverser de nombreux villages, ils avaient bifurqué sur une plus petite route, puis une plus petite encore… et là, il n'y avait plus rien. Ni voiture. Ni habitation. Ils avaient fait des dizaines de kilomètres à travers champs sans voir âme qui vive.

— C'est sûrement un problème d'antenne relais, on est loin de tout, ici, lui fit-elle remarquer, avant de prendre son téléphone dans son blouson, de l'allumer et de grimacer : Je n'en ai pas non plus.

— Huntington Orn et sa région se trouvent en zone blanche. Il n'y a ni Internet, ni réseaux, expliqua soudain maître Wingham.

Oriel écarquilla les yeux, incrédule.

— C'est une blague ?

— Désolé, mais c'est comme ça, répondit nonchalamment l'avocat. Et ne vous inquiétez pas, si on a le moindre problème, j'ai un téléphone par satellite.

Oriel se renfrogna. Il était accro à son téléphone et aux réseaux sociaux, et il voyait mal comment il allait pouvoir vivre sans surfer sur le net ou discuter avec ses amis.

— Pas d'Internet, pas de téléphone, pas de plate-forme pour regarder des séries… Je sens qu'on va se marrer, grogna-t-il en jetant un regard en biais à Silence.

Cette dernière lui sourit gentiment, puis posa la main sur son bras.

— On peut vivre sans tout ça, si tu veux mon avis.

— Oh toi, tant qu'il y a une bibliothèque et que tu peux lire tes bouquins, tu te fiches de tout ! marmonna-t-il.

— Eh, ne t'en prends pas à moi ! Je n'y suis pour rien ! protesta Silence.

— N'empêche… C'est quoi cette ville d'Huntington Orn ? Et ses habitants ? Ce sont des militants anti-ondes ? Non, parce que je ne vois vraiment pas qui peut vivre comme ça aujourd'hui.

Silence ouvrait la bouche pour répondre, lorsque maître Wingham pointa soudain un panneau à travers le pare-brise en disant :

— Huntington Orn, c'est ça !

Oriel et Silence regardèrent à travers les vitres tandis qu'ils pénétraient dans ce qui semblait être la rue principale. Quelques entrepôts, une station-service, deux bars, un hôtel et des magasins d'alimentation, quelques maisons : il s'agissait plus d'un petit bourg que d'une ville à proprement parler.

— C'est ici qu'habitent nos grands-parents ? Qu'on va emménager ? demanda Silence d'un ton inquiet.

— Non. C'est ici qu'un chauffeur doit venir vous chercher, répondit maître Wingham.

Oriel et Silence haussèrent les sourcils. Un chauffeur ? Pour quoi faire ? Pourquoi l'avocat ne les conduisait-il pas directement chez les Crochemort ?

— Et ce chauffeur, il doit nous emmener où, exactement ? demanda Silence.

— À quelques kilomètres, répondit évasivement maître Wingham en se garant devant l'un des bars. Attendez-moi ici. J'ai besoin d'aller aux toilettes, je n'en ai que pour une minute.

Les jumeaux le suivirent des yeux tandis qu'il entrait dans le bar, puis ressentant un besoin irrépressible de se dégourdir les jambes après des heures de route, Silence tourna lentement la tête vers son frère.

— J'ai envie de marcher un peu. Tu viens ?

— L'avocat va encore râler. Je te parie qu'il va faire imprimer des avis de recherche dès qu'il verra que nous ne sommes plus dans la voiture, plaisanta Oriel en ouvrant sa portière.

— J'aurais dû acheter un blouson plus chaud, dit Silence en frissonnant tandis qu'ils remontaient l'allée principale.

La température était désagréablement basse, mais ça n'empêchait pas les promeneurs de se balader en chemise ou en simple pull, comme s'ils s'en moquaient.

— Ils ne sont pas frileux les gens, dans le coin, remarqua Oriel.

— Non, ça c'est certain, répondit Silence. Dis donc, tu ne trouves pas ça étrange cette histoire de chauffeur ? C'est vrai, Wingham aurait pu nous emmener directement chez les Crochemort, non ?

— Oui, c'est sûr. Et tu sais quoi ? Il n'y a pas que ça que je trouve étrange, regarde, dit Oriel en pointant du menton le trottoir d'en face.

Un homme d'âge moyen à la barbe noire s'était arrêté brusquement de marcher et il fixait les jumeaux de son regard sombre, tout comme les trois femmes qui les pointaient à présent discrètement du doigt.

— Sympa, l'ambiance, ricana Oriel.

— Je suppose qu'ils ne voient pas beaucoup d'étrangers par ici, répondit Silence.

— On se demande bien pourquoi, persifla son frère avant de remarquer que le couple qu'ils s'apprêtaient à croiser sur le trottoir venait de se figer et les dévisageait à leur tour.

— Non mais sérieux, c'est quoi leur problème ? demanda Oriel.

— *Ils ont peur*, répondit la voix dans la tête de Silence.

— *Ne dis pas de sottises, pourquoi auraient-ils peur de nous ?* objecta cette dernière.

— *Pourquoi, en effet ?* s'esclaffa la voix comme si elle venait de faire une plaisanterie qu'elle était seule à comprendre.

— Viens, mieux vaut retourner à la voiture, décida soudain Silence en glissant sa main dans celle d'Oriel.

Ce dernier acquiesça et ils remontèrent la rue en marchant aussi vite que leurs jambes pouvaient les porter.

— Je croyais vous avoir dit de ne pas bouger, aboya maître Wingham en les voyant revenir vers la voiture.

— Désolés, mais on commençait à être sacrément ankylosés après toutes ces heures de route, expliqua Oriel.

Maître Wingham ouvrait la bouche probablement dans le but de hurler quelque chose de déplaisant, lorsqu'il sembla soudain se raviser.

— Allez, montez ! Il n'est pas question d'être en retard.

Oriel et Silence s'installèrent à nouveau dans le Hummer. La voiture démarra, remonta la rue principale, tourna à droite, puis s'arrêta à l'entrée d'une ruelle.

— Pourquoi est-ce qu'on s'arrête ? s'enquit Oriel. C'est ici que le chauffeur doit nous retrouver ?

— Non. Un peu plus loin, répondit maître Wingham.

— Alors pourquoi n'avancez-vous pas ? s'étonna Silence.

— Parce que je ne le peux pas, dit maître Wingham avant d'ajouter : Vous allez devoir remonter cette rue à pied jusqu'au prochain croisement, puis tourner sur le premier chemin à votre droite. Le chauffeur vous attend là-bas.

Oriel et Silence écarquillèrent les yeux. Ça n'avait aucun sens, non, et ils ne voyaient franchement pas pourquoi l'avocat ne pouvait pas les conduire quelques centaines de mètres plus loin. Mais comme il était déjà en train de sortir leurs bagages du coffre, les jumeaux n'eurent pas d'autre choix que de descendre de la voiture et de récupérer leurs valises.

— Voilà. Vous êtes arrivés à bon port, leur déclara froidement maître Wingham.

— Voilà, oui, dit Oriel.

— Alors à bientôt, fit l'avocat avec un sourire qui n'atteignit pas ses yeux.

— C'est ça, à bientôt, répondit poliment Oriel.

Maître Wingham reporta son attention sur Silence, puis, comprenant qu'elle n'avait absolument pas l'intention d'ouvrir la bouche, il retourna s'asseoir derrière le volant et démarra.

— Pff. Maman aurait dû acheter des valises avec des roulettes, soupira Oriel en regardant la voiture s'éloigner.

— Et encore, on a de la chance qu'elles ne soient pas pleines, répondit Silence avant de commencer à marcher.

La rue était longue et bordée par de petits jardins sur lesquels étaient construites de vieilles maisons sinistres dont la moitié étaient délabrées et probablement inoccupées.

— Mince, ce fameux croisement a l'air d'être au bout du monde ! soupira Oriel.

Puis il ajouta, après avoir parcouru quelques dizaines de mètres :

— Et s'il n'y avait personne ? Et si maître Wingham nous avait menti et qu'il n'y avait pas de chauffeur ni rien ?

— Ce serait étonnant. Je le vois mal faire un aussi long trajet juste pour nous planter au milieu de nulle part, objecta Silence.

— Hum, répondit Oriel, pas vraiment convaincu.

Ils remontaient la rue, quand Silence eut soudain une étrange impression. D'abord léger, le claquement de leurs talons sur le sol semblait augmenter de manière exponentielle au fur et à mesure qu'ils avançaient vers le croisement, au point qu'elle s'attendait à voir débarquer un troupeau d'éléphants barrissant de fureur. Perplexe, elle fouilla les alentours du regard mais aucun animal en fuite ne semblait se précipiter vers eux. Non, personne ne venait, et pourtant… pourtant, le bruit du claquement de leurs chaussures sur l'asphalte devenait de plus en plus assourdissant, comme s'il avait acquis une vie propre.

— Pourquoi est-ce que tu regardes partout comme ça ? Tu cherches quelque chose ? demanda Oriel d'un ton curieux.

— Non, non… c'est juste que…

Silence s'interrompit puis secoua la tête.

— Ce n'est rien. Marche plus vite, je crois que j'aperçois la voiture.

Oriel suivit son regard, puis fronça les sourcils. Une superbe voiture de luxe noire datant probablement du siècle dernier les attendait bien sur la petite route à droite, à l'endroit indiqué par l'avocat, mais elle était noyée dans une sorte de brouillard qui avait envahi non seulement l'endroit où elle se trouvait, mais aussi tout ce qu'il y avait derrière.

— Il sort d'où ce brouillard ? s'étonna Oriel. Pourquoi n'y en a-t-il que de ce côté ?

Silence haussa les épaules.

— Je n'en sais rien, mais ma valise commence à peser une tonne… alors magne-toi un peu.

Franck Barnett sentit les battements de son cœur s'accélérer tandis qu'il regardait les deux adolescents franchir la ligne de démarcation sans encombre. Au début, il n'y avait pas cru. Il avait pensé que les rumeurs qui circulaient au manoir n'étaient que pure invention, une fable alimentée par des esprits un peu trop imaginatifs, mais plus maintenant. Non, maintenant qu'il les voyait, qu'il se trouvait face à leurs visages de porcelaine, à leurs cheveux d'un noir de jais, à leurs yeux d'un bleu si particulier, il n'avait plus le moindre doute : il s'agissait bien des héritiers Crochemort.

— Vous êtes le chauffeur de nos grands-parents, M. et Mme Crochemort ? demanda Oriel en dévisageant l'homme au crâne dégarni qui les observait avec ses grands yeux noisette.

La cinquantaine environ et doté d'un léger embonpoint, il paraissait hésitant, comme s'il ne savait pas très bien quoi faire, quoi dire ou même ce que Silence et Oriel lui voulaient.

Puis, reprenant brusquement pied avec la réalité, il opina du chef :

— En effet, je suis monsieur Barnett, le chauffeur. Puis-je prendre vos bagages ?

Silence, qui n'avait pas dit un mot, regardait ce qui se trouvait de l'autre côté de la voiture avec curiosité. Rien. Il ne semblait rien y avoir du tout. C'était comme si la route s'arrêtait juste après l'emplacement où elle était garée. Comme si elle se résumait à cette toute petite portion de bitume. Il y avait beaucoup de brouillard, bien sûr, et Silence se disait qu'elle ne devait pas bien voir, mais c'était tout de même troublant.

— Miss Crochemort ? fit Franck Barnett d'un ton embarrassé en fixant la poignée de la valise qu'elle tenait toujours fermement dans sa main.

Reportant son attention sur le chauffeur, Silence lâcha prise et recula d'un pas. Franck Barnett souleva sa valise puis la mit dans le coffre avant d'en faire autant pour celle d'Oriel. Une fois qu'il eut fini, il revint vers les jumeaux, puis ouvrit galamment la portière arrière du véhicule à Silence, en disant :

— Si vous voulez bien ?

Silence hocha la tête et monta, tandis que Franck Barnett contournait la voiture et ouvrait l'autre portière pour Oriel. Une fois installés à l'arrière, les jumeaux échangèrent un regard inquiet. Ils étaient certes impressionnés par le fait que leurs grands-parents aient un chauffeur et une sublime voiture de collection, mais ils avaient surtout l'impression que tout ce qu'ils voyaient, ce qu'ils touchaient n'était pas complètement réel, que tout était étrange, comme s'ils perdaient peu à peu pied avec la normalité.

— Je ne parviens pas à trouver la ceinture, dit Oriel en voyant Franck Barnett s'asseoir derrière le volant.

Ce dernier tourna aussitôt la tête vers lui et répondit d'un ton d'excuse :

— Je regrette, monsieur, mais il n'y en a pas. C'est un modèle ancien, voyez-vous…

Oriel haussa les sourcils.

— Ah… et si la police nous arrête et que…

— La police ne nous arrêtera pas, monsieur. Vous n'avez aucun souci à vous faire, assura Franck Barnett avant de démarrer.

— Ne m'appelez pas monsieur, mais Oriel, s'il vous plaît, dit gentiment ce dernier.

— Je suis navré, mais je doute que M. et Mme Crochemort m'y autoriseraient. Ils ne goûtent guère les familiarités et sont particulièrement attachés aux convenances.

Oriel se pencha doucement vers Silence puis chuchota :

— Tu as entendu ? M.Barnett parle comme au siècle dernier, un peu comme le faisait…

— … maman ? Oui, j'ai remarqué, murmura celle-ci, la gorge serrée.

Sa mère et sa façon si désuète et courtoise de s'exprimer lui manquaient terriblement, et le chauffeur ravivait aussi chez elle, sans le vouloir, tous ses précieux souvenirs.

Comme la voiture démarrait, Silence se pencha pour regarder à travers le pare-brise et poussa un petit cri en voyant une route se dessiner soudain sous ses yeux.

— Qu'est-ce qu'il te prend ? demanda Oriel.

— Regarde… regarde devant… Il n'y avait rien il y a encore une seconde, j'en suis sûre ! s'exclama Silence.

— De quoi est-ce que tu parles ?

— Mais de la route ! Il n'y en avait pas !

— Ah oui ? Et on roule sur quoi à ton avis ? ricana Oriel d'un ton moqueur. Tu ne l'as pas vue à cause de la brume, c'est tout.

Silence ouvrit la bouche, puis la referma de peur de se ridiculiser. Oui, ce que venait de dire Oriel paraissait bien plus sensé que cette histoire de route qui venait d'apparaître comme par magie, mais quelque chose au fond d'elle ne parvenait pas à se satisfaire complètement de cette explication.

— Votre frère a raison, miss Crochemort, tout est parfaitement normal, je puis vous l'assurer, déclara Franck Barnett.

Le chauffeur vit le regard de doute de Silence dans le rétroviseur et poussa un soupir. Il ne mentait pas. Du moins, pas de son point de vue : pour quelqu'un qui vivait ici, tout se déroulait, effectivement, normalement. En tout cas, pour l'instant. Mais il ne pouvait pas non plus promettre aux jumeaux qu'ils atteindraient leur destination sans encombre.

— Wouah, tu as vu ? Elle est immense cette forêt ! lâcha soudain Oriel en collant son nez contre la vitre.

Le brouillard ayant considérablement diminué, on pouvait distinguer les paysages qui bordaient la route et, en particulier, une abondante végétation et pléthore d'arbres gigantesques qui s'élevaient vers le ciel telle une armée de géants.

— Je parie qu'il y a des tas d'animaux. On pourrait aller s'y balader, un jour, ajouta Oriel d'un ton enthousiaste.

Silence plongea ses yeux vers la forêt et pensa en frissonnant au conte d'Hansel et Gretel perdus dans les bois, et aussi à la sorcière qui voulait les dévorer, puis au Petit Poucet et à l'ogre, bref, ces histoires qu'elle avait lues étant enfant. Elle ignorait pour quelle raison ils lui étaient soudain revenus en mémoire.

— Non ! lâcha instinctivement Franck Barnett. Euh… enfin… des tas de gens se sont perdus dans cette forêt, et elle est désormais interdite aux promeneurs.

Oriel pinça les lèvres, déçu.

— Vraiment ? C'est dommage, non ? Là où on habitait avant, il arrivait parfois à des randonneurs de se perdre, mais les autorités n'ont jamais envisagé de fermer les sites touristiques pour autant.

— Je comprends, monsieur, mais ici, on règle ce genre d'affaires autrement, répondit le chauffeur.

Oriel opina et continua à admirer le paysage, fasciné. Il n'existait pas de bois aussi verts et luxuriants dans le Sud. Et pour une raison qu'il était incapable d'expliquer, il ne parvenait pas à les quitter des yeux.

Silence posa sa main sur l'épaule de son frère et dit en haussant la voix :

— Oriel ?

Comme il ne répondait pas, elle haussa les épaules et regarda à nouveau à travers la vitre avant de reculer brusquement. C'était une sensation, une simple sensation, mais l'espace d'un instant, elle avait eu l'impression de sentir que la forêt l'observait et la dévorait des yeux. Des yeux affamés qui se demandaient quel goût elle avait et combien de temps ils mettraient à la digérer.

Secouant la tête comme pour la remettre en place, elle se recroquevilla contre la banquette. C'était ridicule. Presque aussi ridicule que cette histoire de route, et maintenant qu'elle y réfléchissait et qu'elle analysait froidement ses réactions, elle se dit que la seule explication à son étrange comportement était qu'elle n'était plus seulement sujette à des hallucinations auditives, mais aussi visuelles. Bref, qu'elle était en train de perdre l'esprit.

— *Pourquoi faut-il toujours que tu dramatises ?* demanda tout à coup la voix dans sa tête.

— *Je ne dramatise pas. J'entends et je vois des choses qui n'existent pas, donc…*

— *Oh, elles existent, elles existent…*

Silence poussa un soupir intérieur.

— *Tu sais quoi ? Tu ne m'aides pas, là… Au cas où tu ne l'aurais pas remarqué, je suis un tantinet à cran.*

— *Et si tu veux mon avis, ça ne va pas s'arranger,* ricana la voix.

Chapitre 7

— Vous voilà arrivés. Bienvenue à Whisper Town, fit Franck Barnett.

Oriel haussa les sourcils. Il n'avait pas l'impression d'entrer dans la ville, non, c'était plutôt comme si elle avait soudainement surgi autour d'eux et que ses bâtiments les avaient brutalement encerclés.

— Whisper Town, répéta lentement Silence en hachant chaque syllabe.

Elle arrivait enfin à le dire à voix haute. Son cerveau ne s'embrouillait pas et sa mémoire ne semblait plus lui faire défaut. Whisper Town,

Whisper Town, Whisper Town… C'était un nom étrange, mais plutôt joli.

— J'avoue que je ne m'attendais pas à ce que ce soit aussi grand. Il y a combien d'habitants ? demanda-t-elle.

— Environ cinquante mille, répondit Franck.

— Cinquante mille ? C'est une vraie ville… fit Oriel.

Franck Barnett sourit. Whisper Town était une vraie ville, autrement dit, une suite de quartiers abritant une multitude de personnes et de constructions en tous genres. Mais elle était très différente de celles situées de l'autre côté de la ligne de démarcation.

— Oui. C'est bizarre qu'on n'ait pas vu de panneau indiquant sa direction plus tôt, remarqua Silence. D'habitude, les villes de cette importance sont toujours indiquées.

Le chauffeur haussa les épaules. Ça n'avait rien de surprenant de son point de vue, Whisper Town n'était ni une ville qu'on pouvait visiter, ni une ville où on pouvait s'installer ou travailler. Oh, elle figurait bien sur certaines cartes routières, seulement, à chaque fois que quelqu'un voulait s'y rendre, soit son esprit s'emmêlait, soit il oubliait son nom et son projet sur-le-champ, soit il se perdait en chemin. Quant aux services publics gouvernementaux, comme le fisc ou autre, ils ne trouvaient jamais aucun fichier informatique, aucun relevé satellite, ni même aucune information la concernant. C'était une ville fantôme. Une ville qui n'était ancrée ni dans la vie, ni dans la mort. Une ville entre deux mondes.

— Ce n'est pas bien gênant. À Whisper Town, nous n'apprécions guère les visiteurs, de toute façon, répondit Franck.

Oriel et Silence échangèrent un regard ennuyé. Ils connaissaient les habitants des petites villes du Sud et savaient qu'ils n'aimaient pas les étrangers (c'était d'ailleurs l'une des raisons pour lesquelles ils avaient eu beaucoup de mal à s'intégrer quand ils étaient arrivés chez les Evans), mais ils ne pensaient pas qu'ils rencontreraient le même problème dans une grande ville du Nord.

— Ça explique peut-être pourquoi il y a si peu de voitures, dit Oriel en réalisant qu'ils n'en avaient pratiquement croisé aucune.

— Oh, il y en a, regardez, fit Franck en pointant le pare-brise du doigt.

Oriel regarda et vit qu'il y avait effectivement une autre voiture arrêtée à un croisement. Une voiture rouge un peu moins ancienne que celle de leurs grands-parents, mais qui ne datait pas d'hier non plus.

— Les gens du coin sont tous des collectionneurs ? s'étonna Oriel.

Franck laissa échapper un petit rire.

— Non. Ils préfèrent juste marcher ou se déplacer à vélo.

Oriel haussa les sourcils.

— Même avec ce froid et ce brouillard ?

La petite couche de brume qui recouvrait les rues et le bas des bâtiments semblait avoir pris possession de la ville. Épaisse à certains endroits, fine à d'autres, elle conférait un aspect un peu sinistre à l'ensemble.

— Ici, il y a toujours du brouillard, toujours. Si bien qu'on n'y fait plus vraiment attention. Vous verrez, vous finirez vous aussi par vous y habituer, répondit Franck.

— Ouch ! Ça craint ici, on est où ? demanda soudain Silence tandis qu'ils approchaient du centre-ville.

Là, il n'y avait plus d'usines, ni de terres agricoles comme celles qu'ils avaient vues à la périphérie, ni même de charmants petits immeubles comme dans le bloc qu'ils venaient de traverser. Les rues étaient étroites et elles n'étaient plus recouvertes de bitume mais de vieux pavés gris. Les vitrines des petites boutiques installées au bas des immeubles étaient si poussiéreuses qu'on ne pouvait pratiquement pas voir au travers. Jamais elle n'avait visité d'endroit aussi vieillot, sale et inquiétant.

— C'est le quartier Longford, le quartier le plus malfamé de la ville, donc un endroit qu'il vaut mieux éviter, expliqua Franck Barnett d'un ton de mise en garde.

— Même la journée ? demanda Silence d'un air curieux.

— Surtout la journée. La nuit, c'est toute la ville qu'il vaut mieux éviter, répondit Franck sombrement.

Silence et Oriel échangèrent un regard. Qu'est-ce qu'il insinuait au juste ? Que Whisper Town devenait dangereuse une fois la nuit tombée ?

— Et… nos grands-parents ? Ils habitent où, exactement ?

— Là-bas, répondit le chauffeur en leur montrant les hauteurs de la ville. Dans le manoir Crochemort.

— Ils vivent dans un manoir ? demanda Oriel d'un ton mal assuré.

— Oui, pourquoi ? demanda Franck.

Oriel ne savait pas comment expliquer la peur étrange, irrationnelle, qui était en train de le submerger. Cette peur viscérale qu'éprouvaient les insectes à l'approche d'un nid de scorpions. Un manoir ? Comme dans ses cauchemars ? Ses cauchemars qui le poursuivaient chaque jour depuis des semaines ? Ses cauchemars qui ne quittaient jamais son esprit ?

— Oriel, tu as mal au cœur ? Tu veux vomir ? Tu es tout blanc, dit soudain Silence en le dévisageant.

— Non, non… je vais bien… Je suis seulement un peu barbouillé, c'est tout, mentit-il tandis que la voiture s'arrêtait devant une grande grille de fer forgé.

Un homme d'une soixantaine d'années en pantalon de velours et portant un épais blouson sans manches surgit d'un seul coup, puis ouvrit prestement la grille.

— C'est M. Nevers, l'un des gardiens de la propriété, expliqua Franck.

La voiture remonta ensuite un chemin en pente pendant un temps qui parut interminable aux jumeaux, puis s'arrêta enfin.

— Vous voilà arrivés chez vous, dit Franck Barnett.

Les yeux d'Oriel s'agrandirent soudain démesurément et fixèrent le bâtiment qui se trouvait devant lui comme s'ils étaient hypnotisés. De hautes fenêtres aux vitres sombres, d'épais murs de pierre couleur sépia… Non, il ne s'était pas trompé : c'était bien l'endroit qu'il avait vu dans ses rêves.

— Viens ! On va jeter un coup d'œil, fit Silence en ouvrant sa portière pour se précipiter dehors.

Magnifique ! C'était magnifique. Le manoir surplombait Whisper Town et avait une vue imprenable sur tout ce qui s'y passait. Les rues, les gens qui y marchaient, les bâtiments, les aménagements un peu vieillots…

— Oriel ! Viens voir ! D'ici, on dirait que la ville ressemble à une étoile ! s'écria-t-elle en ouvrant la portière de son frère.

Mais au lieu de lui répondre ou de la rejoindre, ce dernier tira sur la poignée de la portière pour la lui refermer au nez. Fronçant les sourcils, Silence fit le tour de la voiture et grimpa à l'intérieur en s'écriant :

— Je peux savoir ce qu'il t'arrive ?

Incapable d'ouvrir les lèvres, Oriel ne répondit pas. Elles étaient comme scellées ou collées l'une à l'autre. Et il se dit que ce n'était pas si mal parce que les seuls mots qui auraient pu sortir de sa bouche en cet instant auraient probablement été incompréhensibles.

— Que se passe-t-il ?

Voyant qu'il restait silencieux, Silence leva le poing juste au-dessus de son nez.

— Oriel, si tu ne me parles pas, je vais te frapper.

Elle était si amusante avec sa petite main levée en l'air et sa mine renfrognée, qu'Oriel sentit le nœud qui lui nouait la gorge se desserrer un peu.

— J'ai vu ce manoir dans mes cauchemars, parvint-il à bredouiller d'une voix enrouée.

Silence écarquilla les yeux.

— Tu es sérieux, là ?

Il hocha sombrement la tête et Silence se mit à réfléchir. Oriel se trompait forcément. Le manoir était grand, certes, mais il n'avait rien de bien exceptionnel et elle était certaine qu'il devait en exister un certain nombre comme celui-ci. Il se pouvait même qu'Oriel en ait vu un semblable dans un livre, un film ou un documentaire, et qu'il s'en souvienne inconsciemment.

— Et tu comptes faire quoi, exactement ? Te planquer sous le siège jusqu'à ce que ce manoir tombe en ruines ? lança-t-elle d'un ton moqueur.

Il inspira profondément et lâcha dans un souffle :

— Je ne sais pas. Je n'ai pas encore évalué toutes les options.

Silence leva les yeux au ciel. « Évaluer les options » ne prenait que quelques secondes : soit ils demandaient au chauffeur, qui était actuellement en train de porter leurs bagages au manoir, de les raccompagner jusque chez les Evans (ce qu'il allait bien entendu refuser), soit ils repartaient en marchant jusque chez eux (et Silence n'avait aucune envie de traverser Whisper Town et encore moins cette horrible forêt à pied), soit ils entraient dans ce fichu manoir.

— Tu as conscience que rester indéfiniment dans cette voiture n'en fait pas partie, j'espère ? railla-t-elle à nouveau.

— Tu essaies d'être drôle ?

— J'allais justement te poser la même question. Voyons, Oriel, tu ne vois pas à quel point tu te comportes de manière ridicule ?

Oriel soupira. Non, il n'y avait rien de ridicule à éprouver ce qu'il éprouvait, mais ceci mis à part, Silence n'avait pas tort : il ne pouvait pas rester dans cette voiture pour toujours. Non. La seule solution était de trouver le moyen de chasser la peur qui grandissait en lui comme une tumeur, ou du moins, de trouver un moyen de la canaliser.

— Très bien, allons-y, mais tu ne pourras pas dire que je ne t'ai pas prévenue, fit-il en serrant les dents avant de sortir du véhicule.

— Bien, alors c'est parti ! lança silence en le rejoignant.

— Si on a des ennuis…

— … on agira en conséquence, le coupa-t-elle. Mais pour l'instant, je veux entrer dans cette maison.

« Entrer dans cette maison » ? Le cœur battant à tout rompre, Oriel jeta un regard en direction du manoir et eut soudain l'impression que la distance qui les séparait diminuait de seconde en seconde. Comme si c'était le bâtiment qui venait vers lui, lui qui s'approchait.

— Eh ! Je peux savoir ce que tu fabriques et pourquoi tu restes planté là ? s'agaça Silence qui s'était éloignée de quelques pas.

— Ce n'est pas une bonne idée, déglutit Oriel, non vraiment pas une bonne idée…

— Arrête ! Ça suffit ! Viens, maintenant ! gronda Silence d'un ton mécontent.

Les jambes d'Oriel se remirent à avancer seules vers le manoir et alors il comprit. Il comprit que ce qu'il ressentait était comparable à ce qu'il avait ressenti dans ses cauchemars. C'était comme s'il n'était plus maître de ses mouvements ou de ses décisions. Comme si quelque chose avait pris les commandes et que cette force invisible le poussait dans le dos.

— Où est la sonnette ? grommela Silence en regardant la porte avec circonspection.

— C'est ça, expliqua Oriel en pointant le heurtoir du doigt.

La partie mobile avait une forme de marteau, et la partie fixe représentait un visage. Un visage qui souriait d'un air narquois comme s'il vous mettait au défi d'entrer.

— Ah d'accord…

Silence posait à peine sa main sur le heurtoir que la porte s'ouvrit brusquement.

— Entrez, les enfants. La nuit va bientôt tomber, il ne faut pas traîner dehors !

Chapitre 8

Le regard happé par le hall gigantesque intégralement lambrissé de bois massif et par le large escalier donnant un accès aux étages supérieurs, Silence faillit se cogner contre l'immense statue de marbre qui trônait au milieu de la pièce. Au début, elle crut, en voyant ses ailes, qu'elle représentait un ange, mais maintenant qu'elle l'observait plus attentivement, elle comprit que ce n'était pas le cas. Non, aucun ange ne possédait un faciès aussi cruel ni des membres tordus ou des excroissances au-dessus du crâne.

— Je suis madame Mills, la gouvernante. Soyez les bienvenus au manoir Crochemort.

Détachant son regard du hideux ornement, Silence reporta son attention sur la femme qui venait de leur ouvrir la porte. Grande, large d'épaules, une grosse tête ronde, un cou de taureau, des cuisses épaisses et des bras terriblement musclés, elle paraissait engoncée dans sa robe noire et son tablier blanc.

— *Tu veux que je te dise ? Je ne serais pas étonné de voir cette femme étrangler un bœuf à mains nues avant de transporter sa carcasse sur son dos, en sifflotant, jusqu'aux cuisines,* ricana la voix dans la tête de Silence.

— Puis-je prendre votre manteau, miss Crochemort ? demanda poliment Mme Mills en tendant le bras vers Silence.

Puis, une fois que cette dernière lui eut donné son blouson, la gouvernante se tourna vers Oriel :

— Monsieur Crochemort ?

Oriel, dont l'attention était accaparée par la fine nappe de brume qui flottait au-dessus du carrelage en damier, poussa un soupir. Ce maudit brouillard semblait s'infiltrer par toutes les portes, les fenêtres et les interstices qu'il pouvait trouver.

— Monsieur Crochemort ? répéta Mme Mills, en haussant le ton.

Sa voix sortit immédiatement Oriel de sa rêverie.

— Oui ?

— Votre manteau, s'il vous plaît, fit la gouvernante sans parvenir à dissimuler complètement son agacement.

— Oh pardon, oui, bien sûr ! répondit Oriel avant de se déshabiller précipitamment.

Mme Mills travaillait pour la famille Crochemort depuis suffisamment longtemps pour ne pas douter de l'identité des deux adolescents qui se tenaient devant elle : il s'agissait bien des jumeaux disparus, mais ils semblaient très différents des autres membres de la famille par leur manque évident de bonnes manières et leur façon incongrue de se comporter.

— Voici, fit Oriel en lui tendant son blouson.

Repliant les deux manteaux sur son avant-bras, Mme Mills dit avec un petit pincement de lèvres :

— Veuillez me suivre, je vous prie.

Silence et Oriel scrutèrent les ombres et les objets tandis qu'ils traversaient une pièce et puis une autre. Toutes les fenêtres étaient équipées d'épais rideaux et il y faisait relativement sombre, mais ils parvinrent à distinguer la table et les chaises en bois sculpté de la grande salle à manger, puis les rangées de livres anciens de la bibliothèque, avant d'entrer dans le salon.

— M. et Mme Crochemort ne vont pas tarder. Mettez-vous à l'aise en attendant, fit la gouvernante.

Quand son maître, M. Crochemort, avait averti le personnel de l'arrivée imminente des jumeaux, tous avaient pensé qu'il était devenu fou, parce que cela n'avait pas le moindre sens. Pas après toutes ces années… pas après tous les événements, toutes les horreurs qui s'étaient produites après leur disparition et celle de leur mère ! Si Mme Mills la tenait, celle-là, elle lui ferait la peau ! Oui, elle lui ferait la peau et enverrait son âme croupir en enfer, un enfer semblable à celui qu'avaient vécu tous les habitants de cette ville depuis que cette sale traîtresse s'était enfuie avec les deux petits !

— Désirez-vous que je vous apporte quelque chose à boire ou à manger ? poursuivit la gouvernante d'un ton qui laissait clairement entendre qu'elle espérait que les jumeaux répondraient négativement.

— Nous n'avons besoin de rien, merci madame Mills, dit Silence en laissant son regard errer dans la pièce.

Des canapés et des divans massifs pourvus de coussins occupaient presque tout l'espace, comme s'ils cherchaient à combler le moindre vide. Des lampes en pâte de verre posées sur de petites tables étaient étrangement allumées et avaient été disposées un peu partout dans le salon, sans toutefois l'éclairer suffisamment pour faire disparaître les ombres qui dansaient sur les murs.

— Alors, qu'est-ce que tu en penses ? demanda Oriel en regardant Silence.

— J'en pense que nos grands-parents n'ont pas l'air pressés de nous voir, ricana-t-elle.

Oriel leva les yeux au ciel.

— Ça, on s'en doutait déjà. Je te demande ce que tu penses de cet endroit.

Silence balaya une nouvelle fois la pièce du regard, s'attarda sur la grande cheminée éteinte, puis poussa un soupir :

— J'en pense qu'il est sinistre. Non, c'est vrai, tu as vu la décoration ? Je te parie que la plupart de ces objets pourraient être exposés dans des musées. Et puis c'est quoi, ces couleurs ? Ce noir, ce marron, ce gris partout ?

Elle prit un temps de pause et ajouta :

— D'ailleurs, ce serait plutôt à moi de te demander comment tu trouves cet endroit et s'il te rappelle toujours celui que tu vois dans tes cauchemars.

Oriel la dévisagea tout en réfléchissant.

— La vérité ?

— Évidemment, dit Silence.

Oriel esquissa un rictus. Non, la vérité n'avait rien d'évident : elle était terrifiante. Et c'était pour cette raison qu'il hésitait à lui répondre. Devait-il lui révéler que cet endroit lui était en effet familier ? Qu'il avait déjà vu toutes ces pièces et ces objets ? Lui avouer qu'il avait frémi en reconnaissant l'immense statue qui trônait dans l'entrée ? Et s'il le faisait, s'il lui répondait honnêtement, accepterait-elle de le croire ou agirait-elle comme elle l'avait fait quand il avait refusé de sortir de la voiture ? Il l'ignorait. Tout ce qu'il savait, c'était que Silence essayait toujours de trouver une explication rationnelle à tout ce qu'elle voyait ou ce qui se produisait. Même à sa maladie. Oui, même quand elle avait eu ces hallucinations, elle ne s'était pas laissé abuser par la voix qui murmurait dans sa tête, elle n'avait jamais cru qu'elle était réelle, mais elle s'était aussitôt tournée vers la science. Et quand cette dernière n'avait pas eu de réponse satisfaisante à lui apporter, elle n'avait pas renoncé et était parvenue à gérer son problème sans traitement et sans jamais perdre pied avec la réalité.

— Ah ! Vous voici donc ! dit une voix grave, suivie d'un son caverneux comme celui que fait quelqu'un d'asthmatique ou atteint d'une grosse bronchite en respirant.

Oriel et Silence tournèrent aussitôt la tête vers la porte. M. Crochemort était mince et anguleux, son visage ridé était creusé aux joues, son front restait plissé comme s'il fronçait continuellement les sourcils, et il possédait le même teint pâle et les mêmes yeux bleu azur que les jumeaux.

S'appuyant sur sa canne noir ébène, il avança vers eux.

— Donc tu es Oriel, fit-il avec un large sourire en le dévisageant.

Celui-ci hocha la tête tandis que le regard de son grand-père se posait à présent sur sa sœur.

— Et toi, Silence, je suppose ? demanda-t-il avec une expression glaciale qui contrastait fortement avec le sourire chaleureux qu'il arborait une seconde plus tôt.

— Oui, monsieur, répondit-elle.

— Je suis Reginald Crochemort, votre grand-père.

— Enchanté, fit Oriel en lui tendant poliment la main.

M. Crochemort la lui serra avec ce même air engageant, puis une fois que ce fut fait, il parut hésiter et, le visage sévère, tendit la main vers Silence.

Cette dernière fronça les sourcils. Elle évitait de toucher les gens en général et n'avait aucune envie de toucher celui-ci en particulier. Elle fixa sa main tendue comme s'il s'agissait d'un serpent à sonnettes et recula d'un pas.

— Tu es timide, à ce que je vois.

Silence ne répondit pas.

— Et pas très loquace, ajouta-t-il avec un claquement de langue satisfait. C'est parfait, voilà qui devrait simplifier les choses. Les jeunes filles ont tendance à parler pour ne rien dire et à donner d'atroces migraines à leurs parents, or Mme Crochemort et moi-même détestons les bavardages inutiles.

Silence fronça les sourcils. Si Reginald Crochemort paraissait se réjouir d'accueillir Oriel sous son toit, il était loin de ressentir la même chose en ce qui la concernait. Ça ne la touchait pas – pas vraiment (Silence avait l'habitude que les gens lui préfèrent son frère et elle ne s'attendait à rien en arrivant ici. À rien de bon en tout cas.) –, mais elle était intriguée. Son grand-père la traitait-il de cette façon parce qu'elle était une fille et qu'il éprouvait une aversion envers les femmes en général, ou avait-il une raison plus personnelle de se montrer hostile à son égard ? Si c'était le cas, elle était curieuse de la connaître, étant donné qu'ils venaient à peine de se rencontrer…

— À propos de grand-mère, dit Oriel, est-ce que…

— … Vous ferez sa connaissance d'ici peu, le coupa Reginald Crochemort. Elle a ses habitudes et elle ne quitte jamais ses appartements à cette heure de la journée. En attendant, vous devriez aller vous préparer pour le dîner. Il est à 19 h 30 précises, aucun retard ne sera toléré, compris ?

Oriel et Silence acquiescèrent en chœur.

— Bien, approuva Reginald Crochemort avant de hurler d'une voix grave et tonitruante : Praxton !

Un majordome aux cheveux poivre et sel et à la coupe impeccable vêtu d'un costume noir apparut aussitôt dans l'encadrement de la porte.

— Veuillez conduire ces jeunes gens dans leur chambre. Et veillez à ce qu'ils changent de vêtements et enfilent une tenue convenable pour le dîner.

Silence arqua un sourcil. Changer de vêtements pour manger ? Des domestiques, un manoir… Soit elle avait voyagé dans le temps, soit elle était issue d'une riche mais étrange famille… et pour tout dire, aucun de ces cas de figure ne lui plaisait vraiment.

— Oui, monsieur, répondit le majordome.

— Vous pouvez vous retirer, fit Reginald Crochemort.

Silence et Oriel échangèrent un regard. Ils n'espéraient pas de grandes effusions, ça non, mais ils avaient de nombreuses questions à poser à Reginald Crochemort concernant leur père, leur mère et ce qu'il s'était passé à l'époque, et ils se sentaient terriblement frustrés de devoir remettre cette conversation à plus tard.

— Mademoiselle, monsieur, si vous voulez bien me suivre, les interpella le majordome avec un regard appuyé.

Déçus et un peu décontenancés, Oriel et Silence lui emboîtèrent le pas à contrecœur jusqu'au grand hall, avant de monter l'escalier et de s'engouffrer dans une suite de couloirs semblant s'étendre à l'infini. Un calme étrange régnait dans tout le manoir, un silence si profond que le bruissement de leurs vêtements et le bruit de leurs pas sur le parquet paraissaient terriblement bruyant.

— Le manoir n'avait pas l'air aussi grand, vu de l'extérieur, murmura soudain Silence.

Tournant la tête de tous côtés, le cœur battant et dans un état de vigilance extrême, Oriel était trop occupé pour lui répondre. Même s'il avait espéré pendant un bref instant que son imagination était en train de lui jouer des tours, il avait l'absolue certitude, à présent, qu'il ne s'était pas trompé. À l'instar des pièces situées au rez-de-chaussée, ces étages et ces couloirs étaient parfaitement identiques à ceux qu'il avait vus dans ses rêves, et plus Silence et lui s'enfonçaient dans cet inquiétant labyrinthe, plus il sentait l'angoisse le submerger.

— Voici vos appartements, dit le majordome en s'arrêtant devant une gigantesque double porte.

Silence haussa les sourcils. Leurs appartements ? Sérieusement ? Le manoir regorgeait de pièces et de chambres un peu partout et leurs grands-parents avaient décidé qu'ils dormiraient dans la même ?

— C'est l'ancienne nurserie. M. et Mme Crochemort y ont fait faire quelques aménagements avant que vous n'arriviez, ajouta-t-il en pénétrant dans la chambre. J'espère qu'ils seront à votre goût.

Silence inspecta rapidement la grande pièce rectangulaire. Haute de plafond, elle possédait quatre larges fenêtres avec des vitres en demi-lune. Une moquette foncée recouvrait le sol. Deux lits, deux armoires, deux tables de chevet, deux étagères à livres… Bref, c'était une chambre parfaite pour des jumeaux. Du moins, pour des jumeaux prépubères, parce que Silence estimait qu'elle avait désormais passé l'âge d'en partager une avec son frère.

— La salle de bain et les commodités se trouvent de ce côté, poursuivit Praxton en pointant le fond de la chambre du menton.

Oriel lui sourit.

— Merci, monsieur…

— Praxton. Ici, tout le monde m'appelle Praxton.

Il avait travaillé pour les Crochemort pendant pratiquement toute sa vie, tout comme son père et le père de son père avant lui. Il n'avait jamais eu à se questionner sur son avenir, parce qu'entrer au service de cette illustre famille faisait partie de son héritage. Et on lui avait enseigné, dès son plus jeune âge, à considérer ce travail et les chaînes qui l'attachaient à cet endroit, non comme une servitude ou une prison, mais comme un devoir et une source de fierté. Le manoir et ses secrets étaient son sanctuaire. Son refuge. Un refuge rempli de créatures murmurant aux oreilles, un refuge plein de mystères et de présences singulières, mais qui savait tenir à l'écart la noirceur qui envahissait la ville et ses environs une fois la nuit tombée. Un refuge que n'aurait jamais dû quitter Justin, le nouvel aide jardinier. Praxton avait entendu dire que quand les passants l'avaient découvert au petit matin, le pauvre garçon avait les yeux révulsés et le corps déchiqueté. D'aucuns avaient même précisé que la scène était d'une horreur insoutenable.

— Je vais maintenant vous laisser afin que vous puissiez vous préparer, ajouta-t-il. Vos vêtements sont dans ces armoires. M. et Mme Crochemort vous ont fait faire de nouvelles tenues.

— Pourquoi de nouvelles tenues ? s'étonna Silence.

— Il existe un code vestimentaire au manoir, expliqua Praxton, et monsieur et madame ont pensé que vos vêtements habituels ne conviendraient pas à un endroit comme celui-ci.

Silence grimaça. Ses jeans, ses pulls et ses baskets lui avaient pourtant parfaitement convenu jusqu'à présent.

— Une fois que vous serez prêts, appuyez sur le bouton situé au-dessus de vos tables de chevet et j'enverrai quelqu'un vous chercher. M. et Mme Crochemort seraient très contrariés si vous arriviez en retard au dîner, et il est aisé de se perdre ici, déclara Praxton avant de saluer les jumeaux d'un signe de tête et de se diriger d'un pas raide vers la porte.

Chapitre 9

Vêtu d'un costume bleu marine, d'une chemise bleu ciel et d'une cravate flambant neufs, Oriel s'approcha de la fenêtre. La nuit était lentement en train de tomber et les lampes extérieures étaient déjà allumées, probablement à cause de l'obscurité qui envahissait peu à peu le jardin. Parce qu'ils étaient plantés en rangs réguliers espacés et qu'il n'y avait aucune végétation entre eux, il parvenait encore à voir les sapins, les chênes et les ormes qui poussaient, un peu plus loin derrière, en formant un vaste fouillis de branches enchevêtrées.

— C'est drôle… dit Oriel.

— Qu'est-ce qui est drôle ? demanda Silence.

— Ceux près du manoir sont tous morts, alors que ceux plus éloignés sont en parfaite santé.

Silence écarquilla les yeux.

— De quoi est-ce que tu parles ?

— Des arbres, répondit Oriel.

Silence le rejoignit près de la fenêtre et commença à regarder dehors, lorsqu'elle eut soudain l'impression d'être observée. Scrutant la pelouse desséchée et les arbres morts engloutis par la semi-obscurité, elle ne remarqua rien de particulier mais elle songea que quelqu'un aurait très bien pu se tenir caché parmi les ombres et être en train de les regarder, sans qu'elle puisse le voir.

— Je ne suis pas certaine d'aimer cet endroit, fit-elle en fermant brusquement les rideaux.

— Et moi je suis certain de ne pas l'aimer du tout, soupira Oriel, avant d'ajouter d'une voix légèrement enrouée : Tu sais, ce que tu m'as demandé tout à l'heure à propos du manoir ? Quand tu voulais savoir s'il était comme celui de mes cauchemars…

— Oui, eh bien ?

— Eh bien c'est lui, affirma Oriel dans un souffle rauque. C'est exactement lui. C'est cet endroit que je vois dans mes rêves. Ce sont les mêmes pièces, les mêmes meubles, les mêmes couloirs…

Silence lui lança un regard incrédule.

— Tu dis ça pour m'effrayer ? Parce que je me suis moquée de toi dans la voiture ?

— Non. Je te dis ça parce que c'est vrai.

— Impossible. Si c'était la vérité, tu serais reparti sitôt après être entré dans cette maison, objecta Silence.

Oriel prit un air offusqué.

— En t'abandonnant ici ? Je ne suis pas aussi lâche que tu sembles le penser.

— Mais tu étais mort de peur quand nous sommes arrivés…

— Oui, et je le suis toujours. J'ai peur de ce manoir, j'ai peur de ce qu'il risque de se passer, j'ai peur de toutes ces choses que j'ai vues dans mes cauchemars, et je n'en ai pas honte parce que n'importe quelle personne dotée d'un minimum de bon sens réagirait comme ça à ma place, mais… je ne m'enfuirai pas. Pas si toi, tu restes là.

Silence le dévisagea. Oriel n'était pas quelqu'un d'irrationnel en temps normal et elle pouvait voir à son expression qu'il pensait chaque mot qu'il venait de prononcer, ce qui la laissait en plein dilemme. Se pouvait-il qu'il ait raison ? Qu'il ait vraiment vu tout ça dans ses rêves ? Et si c'était le cas, devait-elle alimenter ses craintes en lui disant ce qu'elle avait ressenti quand ils avaient traversé la forêt ou quand elle avait regardé par la fenêtre un peu plus tôt ? Elle n'en était pas vraiment sûre. Pas parce qu'elle avait peur de ne pas être crue ou de se ridiculiser, mais parce qu'elle cherchait une explication logique à tout ce qui était en train d'arriver et qu'elle espérait encore la trouver.

— D'accord, fit-elle. Admettons que tu aies eu des sortes de rêves prémonitoires, c'est comme ça qu'on les appelle, je crois ?

Oriel hocha la tête.

— Qu'est-ce qu'on devrait faire, d'après toi ? poursuivit Silence.

Oriel prit un temps de réflexion puis haussa les épaules.

— Je l'ignore.

— *Moi, je sais*, fit soudain la voix dans la tête de Silence.

— *Vraiment ?*

— *Oui, on va rester ici et jouer à « Qui a peur du manoir hanté », c'est un jeu amusant et où on hurle beaucoup...*

— *Tu te crois drôle ?*

— *J'ai parfois mes bons moments !* s'esclaffa la voix.

Oriel, qui dévisageait sa sœur depuis qu'elle avait entamé sa conversation silencieuse avec la voix, fronça les sourcils.

— Silence, je suis sûr que la petite voix dans ta tête a des tas de choses intéressantes à te raconter, mais je préférerais que tu te concentres sur notre problème.

— Je suis désolée... Tu sais que je ne parviens pas toujours à faire comme si je n'entendais rien, répondit Silence.

Oriel poussa un profond soupir.

— Je sais, oui, mais j'ai vraiment un mauvais pressentiment.

— Très bien, alors on reste sur nos gardes et on voit ce qui arrive. Et si quoi que ce soit d'étrange se passe, on part d'ici, déclara Silence.

Oriel esquissa un petit sourire amusé.

— Plus étrange que de te voir en blazer et en jupe plissée, tu veux dire ?

Silence baissa les yeux sur sa tenue et grimaça. Non, elle n'aimait franchement pas sa nouvelle garde-robe, ni toutes ces robes et ces jupes noires, ces blazers avec des écussons brodés en forme de

C et ces ridicules chemisiers à collerette que les Crochemort avaient choisi de lui faire porter.

— Tu peux te moquer, mais le pire pour moi, ce sont ces chaussures à talon, fit-elle en soulevant son pied pour les lui montrer.

— Ce sont de tout petits talons, remarqua Oriel.

— Oui, mais des talons tout de même, et elles me font mal aux pieds, répondit Silence d'un ton plaintif.

Oriel ne comprenait pas comment ses grands-parents avaient fait pour leur faire confectionner ces vêtements alors qu'ils ne connaissaient ni les mensurations de Silence, ni les siennes. Non, ça, il devait bien avouer que c'était un vrai mystère. Un de plus à inscrire sur une liste qui ne cessait de s'allonger.

— Il va bientôt être l'heure, je crois qu'il est temps de sonner afin que quelqu'un vienne nous chercher, dit Oriel.

— Tu ne penses pas qu'on pourrait y aller seuls au lieu d'embêter tout le monde ? demanda Silence.

Son frère secoua la tête.

— Tu as entendu grand-père au sujet de la ponctualité, non ? Si on se perd…

— D'accord, d'accord, je n'ai pas envie qu'il nous fasse un sermon, mais c'est juste que ça me met mal à l'aise…

Silence et Oriel n'avaient pas vécu une vie misérable avec leur mère, loin de là. Mais ils ne roulaient pas sur l'or non plus et n'avaient jamais eu de femme de ménage ou de gens pour les aider dans leurs tâches quotidiennes.

— Tu n'es pas la seule, répondit Oriel en appuyant sur le petit bouton situé au-dessus de sa table de chevet, avant de se tourner vers elle et d'ajouter : Tu sais, j'ai un peu l'impression que rien de tout ça n'est réel… Tout est factice et effrayant à la fois… comme dans un vieux film d'horreur…

Silence poussa un soupir. S'ils étaient vraiment dans un vieux film d'horreur, elle espérait qu'il n'y aurait ni zombies affamés, ni fou furieux se baladant avec une tronçonneuse, ni vampire photophobe assoiffé de sang.

— Hum… les films d'horreur se terminent mal en général.

— Ça, c'est parce que les personnages principaux n'ont pas la jugeote de partir dès qu'ils remarquent qu'il se passe des trucs bizarres…

— *Ou parce que les trucs bizarres les empêchent de s'en aller*, dit la voix.

— Allons-y, fit Silence en l'ignorant.

Oriel la suivit tandis qu'elle se dirigeait vers la porte, avec l'enthousiasme d'un condamné à mort marchant vers l'échafaud. Il avait beau y réfléchir, il n'existait pas d'alternative : il devait convaincre Silence de quitter ce manoir et Whisper Town au plus vite...

Chapitre 10

Mary-Elizabeth Crochemort se sentait de fort méchante humeur. Ce tapage dû à l'arrivée des jumeaux lui donnait d'horribles aigreurs d'estomac. Et pour tout dire, la contrariait au plus haut point. S'occuper de la progéniture de son abominable fils n'était plus de son âge, elle n'en ressentait ni le courage, ni l'énergie. Évidemment, accueillir le jeune Oriel, son petit-fils, était un mal nécessaire, puisqu'il était destiné à remplacer son grand-père à la tête de la congrégation, mais elle ne comprenait pas pourquoi son époux avait autant insisté pour faire venir sa sœur jumelle, la preuve vivante de leur échec et de la trahison de leur fils.

— Il est dix-neuf heures vingt, madame, annonça Mme Mills en regardant Mary-Elizabeth Crochemort s'apprêter devant sa coiffeuse.

— Comment est-elle ? demanda cette dernière tout en vaporisant de la laque sur son impeccable chignon.

— Qui donc, madame ?

— Cette fille… cette Silence…

La gouvernante réfléchit à une réponse neutre. Une réponse qui n'attiserait pas l'humeur orageuse de sa maîtresse, puis elle dit :

— Quelconque, madame.

— Ça ne m'étonne pas.

Reginald avait eu beau lui certifier qu'il n'était pas trop tard et qu'il était toujours temps de rectifier l'erreur qui avait été commise quinze ans plus tôt, Mary-Elizabeth Crochemort ne partageait pas son optimisme.

— Enfin… je suppose qu'il va falloir prendre mon mal en patience, le temps de voir où tout cela nous mène, fit-elle en sentant déjà pointer une affreuse migraine.

— Oui, madame.

— Le manoir jugera, comme il l'a toujours fait jusqu'à présent.

— Oui, madame. Avez-vous d'ailleurs des instructions à ce sujet ? Des dispositions que nous devrions prendre pour protéger le jeune maître ? demanda la gouvernante.

Son époux aurait répondu favorablement à cette question pour des raisons pratiques : il désirait, et c'était bien légitime, avoir un successeur. Mais elle était bien plus exigeante que Reginald et elle pensait que le plus important était qu'Oriel fasse ses preuves et qu'il démontre qu'il était à la hauteur de la tâche qui allait lui être confiée.

— Hum… Si Oriel est le digne héritier de son grand-père, il n'a rien à craindre. Et si ce n'est pas le cas… alors, disons que ça nous épargnera une autre déception, déclara-t-elle avant de se lever et de jeter un bref coup d'œil à la longue robe de soie noire qui enserrait sa taille fine.

— Cette tenue vous sied à merveille, madame, la complimenta la gouvernante.

— Reginald trouve qu'elle me donne l'air sévère, remarqua Mary-Elizabeth Crochemort.

Mme Mills regarda les longues manches qui descendaient sur ses poignets, puis baissa les yeux vers le bas de la robe qui flottait sur ses mollets. Oui, cette robe accentuait la maigreur de sa maîtresse et lui donnait un teint grisâtre, mais cette dernière était une femme calculatrice qui savait toujours ce qu'elle faisait, et Mme Mills trouvait que cette tenue correspondait parfaitement à l'image qu'elle souhaitait renvoyer : celle d'une femme terriblement austère.

— Je suis prête, décréta Mary-Elizabeth en marchant d'un pas décidé vers la porte. Comme le dit si bien Reginald, quand le vin est tiré, il faut le boire jusqu'à la lie.

En entrant dans la salle à manger, le regard de Silence se posa immédiatement sur sa grand-mère. Mary-Elizabeth Crochemort avait un long visage ovale, le menton pointu, des cheveux blonds tirant sur le blanc rassemblés tout en haut de sa tête en un chignon sévère, et des yeux d'un bleu froid partiellement dissimulés par une paire de lunettes cerclée d'argent. Remarquant que Silence était en train de l'observer, sa grand-mère la salua d'un bref signe de tête.

— C'est un plaisir de te rencontrer, Silence.

À l'instant où elle entendit ces mots sortir de sa bouche, la jeune fille sut que c'était faux.

— Merci, madame Crochemort, répondit poliment Silence.

Mary-Elizabeth tourna ensuite la tête vers Oriel.

— Tu ressembles beaucoup à ton grand-père, déclara-t-elle d'un ton qui tenait plus du simple constat que du compliment.

— Oriel, viens t'asseoir près de moi, mon garçon, fit Reginald Crochemort. Et toi, Silence, prends place près de Mary-Elizabeth. Je suis certain que vous allez avoir des tas de choses à vous raconter, ajouta-t-il.

Les pieds de Silence lui semblèrent soudain de plomb, mais refusant de trahir le moindre signe de faiblesse, elle se força à bouger et à avancer une jambe après l'autre péniblement, jusqu'à sa chaise.

— Tiens-toi droite, la sermonna sèchement Mary-Elizabeth, une fois qu'elle fut assise. Qu'as-tu donc appris à l'orphelinat ?

Silence ne prit pas la peine de lui expliquer que le terme « orphelinat » n'était plus utilisé dans ce pays, ni qu'Oriel et elle n'étaient pas restés en foyer après le décès de leur mère mais qu'ils avaient été placés en famille d'accueil. D'abord parce que sa grand-mère ne semblait pas du genre à apprécier qu'on la contredise ou qu'on lui colle le nez dans ses erreurs, et ensuite parce que Silence était persuadée qu'elle prendrait ça pour une provocation.

— Vous savez, je ne crois pas qu'apprendre à se tenir correctement à table fasse partie de leurs priorités, expliqua-t-elle.

— Je ne vois pourtant rien de plus important que de guérir les jeunes générations de leurs mauvaises manières. Cela réglerait bon nombre de problèmes.

— Mais pas le principal, objecta l'adolescente.

Mary-Elizabeth arqua un sourcil.

— Le principal ?

— Être orphelin n'est malheureusement pas une affliction qui se soigne, madame, répliqua Silence.

Mary-Elizabeth pinça les lèvres. Non, Mme Mills ne lui avait pas dit la vérité. Silence n'était pas quelconque : elle avait de l'esprit et il y avait quelque chose de singulier en elle. Comme une force mystérieuse.

— Ce que je regrette profondément, croyez-le bien, ajouta Silence en finissant d'engloutir son entrée.

Mary-Elizabeth sourit mais ses yeux restèrent froids. Et Silence lui retourna aussitôt son sourire avec un regard aussi vide et glacial que le sien.

— Et toi, mon garçon… Parle-moi un peu de tes centres d'intérêt… Es-tu un bon étudiant ? demanda Reginald Crochemort à Oriel.

— Non, c'est Silence qui excelle dans les études, mes résultats à moi sont moyens. Mais je suis doué en sport et je pense que je n'aurai aucun mal à obtenir une bourse si je parviens à intégrer l'équipe de foot du lycée.

— Je crains que tu ne sois déçu. Il n'y a malheureusement aucune équipe de foot à l'institut, déplora hypocritement Reginald.

Oriel haussa les sourcils.

— L'institut ?

— Oui, l'institut Crochemort. La meilleure école de la ville. Ta sœur et toi reprenez les cours là-bas dès demain, annonça Reginald en humant le délicat fumet du magret de canard dans son assiette.

Silence s'étrangla avec une gorgée d'eau et se mit à tousser dans sa serviette, avant de demander :

— Dès demain ?

— Vous prodiguer une éducation digne de ce nom nous semble en effet des plus urgents, expliqua leur grand-père en fixant d'un air hautement désapprobateur les gouttelettes d'eau qu'elle venait de cracher sur la nappe.

Le visage sévère de Mary-Elizabeth Crochemort se changea soudain en un masque effrayant, comme un masque d'Halloween.

— Reginald, voyons… Si leurs manières laissent tant à désirer, ce n'est pas entièrement la faute de ces enfants, mais celle de leur mère. Si cette épouvantable femme ne les avait pas emmenés avec elle, ils ne seraient pas devenus une telle source d'embarras.

Reginald Crochemort éclata d'un rire palpable et Oriel sentit comme un souffle glacial glisser le long de sa peau.

— Certes, certes !

— Vous savez, n'hésitez surtout pas à nous réexpédier chez les Evans, si vous craignez que nous vous fassions honte, déclara Silence d'un ton sec.

Les yeux de Mary-Elizabeth Crochemort se réduisirent soudain à deux fentes.

— Pardon ?

— Je ne voudrais pas que vous culpabilisiez à l'idée de nous renvoyer dans notre famille d'accueil. Nous étions très heureux là-bas, ce que vous auriez facilement pu constater, si vous aviez eu la prévenance de nous rendre visite et de faire notre connaissance avant d'entamer cette ridicule procédure judiciaire, expliqua calmement, mais froidement, Silence.

Sa grand-mère lui jeta un regard incrédule.

— Tu es en train de me dire que tu préférerais vivre avec ces étrangers plutôt qu'au sein de ta véritable famille ?

— C'est le cas, en effet, répondit Silence sans l'ombre d'une hésitation.

C'en était trop pour Mary-Elizabeth, qui sentait déjà le sang battre nerveusement contre ses tempes.

— Comment peux-tu faire preuve d'une telle ingratitude ?!

L'adolescente esquissa un rictus.

— Je suis juste franche. Comme vous, lorsque vous avez ouvertement dénigré la manière dont notre mère nous a éduqués. J'imagine que c'est un trait de caractère que nous avons en commun, grand-mère.

— Ça suffit ! Monte immédiatement dans ta chambre ! s'écria Mary-Elizabeth d'une voix aiguë.

Obéir aurait été raisonnable, et rester, idiot. Habituellement la bêtise n'était pas son fort, mais Silence ne voulait pas laisser Oriel seul avec eux, pas alors qu'il était en train de la regarder avec cette expression désapprobatrice. Ils devaient être solidaires, marcher du même pas, et les Crochemort ne devaient surtout pas penser qu'il puisse y avoir le moindre désaccord entre eux. Ce qui risquait d'arriver si Oriel essayait de calmer le jeu et de nuancer ses propos, comme il avait l'habitude de le faire quand il trouvait que Silence dépassait les bornes.

— Je monterai dans ma chambre dès qu'Oriel aura terminé de manger, décréta-t-elle.

Les yeux de Mary-Elizabeth lancèrent soudain des éclairs.

— Je crois que tu ne m'as pas tout à fait comprise.

— Oh, j'ai parfaitement compris, mais comme je viens de le dire, je n'irai nulle part sans mon frère, affirma Silence d'un ton poli, mais buté.

Mary-Elizabeth leva le menton en regardant son époux d'un air outré.

— Reginald ?

Oriel connaissait ce regard, il savait que Silence n'en démordrait pas. Qu'elle ne céderait pas. Jamais. Et il vit sur le visage de Reginald Crochemort qu'il l'avait compris aussi. Il avait vu la détermination implacable qui luisait dans les yeux de sa sœur et il en était à la fois surpris et contrarié.

— Silence, Mary-Elizabeth t'a demandé de sortir de table et de monter dans ta chambre ! grogna-t-il d'un ton autoritaire.

Nullement impressionnée, Silence l'ignora et se tourna vers Oriel qui finissait son assiette à toute vitesse.

— Tu as terminé ?

La bouche trop pleine pour répondre, il hocha la tête et se leva de sa chaise.

— Bien, alors allons-y.

— Je ne t'ai pas autorisé à prendre congé, Oriel, lui rappela sévèrement Reginald.

— Je suis navré, grand-père, mais je pense que Silence est tout aussi fatiguée que je le suis et qu'il vaut mieux en rester là pour ce soir, répondit-il en emboîtant le pas de sa sœur qui était en train de quitter la pièce.

Ils avaient à peine franchi le seuil que Mary-Elizabeth Crochemort foudroyait son époux des yeux.

— Je vous avais dit de ne faire venir que le garçon !

— Mary-Elizabeth, pas maintenant.

— Pourquoi ? Vous avez vu à quel point cette petite peste exerce une mauvaise influence sur son frère, non ?

— Wingham a été clair : il était impossible de séparer les jumeaux. Qui plus est, je pense que Silence pourrait peut-être nous être utile.

— Si vous parlez de mettre fin à cette malédiction, il est trop tard.

— Rien ne nous empêche d'essayer.

— Vous vous bercez d'illusions, mon ami…

Le visage de Reginald Crochemort s'assombrit.

— Nous verrons bien… De toute façon, la décision n'est plus de notre ressort, désormais.

Chapitre 11

— Je sens que nos grands-parents vont t'adorer, persifla Oriel tandis qu'ils montaient les marches de l'escalier du grand hall.

« Nos grands-parents » ? Non, non, Silence n'avait pas du tout l'impression d'avoir le moindre lien de parenté avec ces gens. Bien sûr, ils se ressemblaient tous physiquement, et il y avait incontestablement un air de famille entre eux, mais une famille ne se résumait pas à un simple patrimoine génétique.

— Et ? fit Silence en posant sa main sur la rambarde de fer forgé.

— Et ça ne te ressemble pas de te comporter de cette façon, remarqua-t-il, perplexe.

Silence portait bien son nom. Elle ne parlait pas, d'habitude. Et elle ne s'exprimait certainement pas de cette manière devant des gens, elle ne s'emportait pas comme elle venait de le faire et préférait généralement rester en retrait, le temps de se faire une opinion.

Silence fronça les sourcils.

— De « me » comporter de cette façon ? Tu as entendu ce qu'ils ont dit sur maman ? rétorqua-t-elle, les dents serrées.

— Oui, j'ai entendu.

— Et ça ne t'a pas mis en colère ?

— Je me moque de tout ce qu'ils peuvent penser de maman ou même raconter sur elle. Je la connaissais et je sais que c'était une femme géniale.

Silence opina du chef.

— Elle l'était, oui.

— Et rien de ce que pourraient dire ces vieux débris ne changera l'opinion que j'ai d'elle, ricana Oriel d'un ton méprisant.

Ça, c'était du « Oriel » tout craché. Il semblait être d'une nature si agréable et si conciliante qu'il paraissait s'entendre avec tout le monde. Mais la vérité était qu'il était complètement indifférent à tout ce que les gens faisaient ou disaient, et qu'il estimait ne pas avoir de temps à perdre en conflits et discussions inutiles. Les seules fois où il ôtait son masque affable et montrait son vrai visage, c'était sur un terrain de sport. Oui, là, sa nature combative et profondément agressive vous explosait littéralement aux yeux.

— En tout cas, je sais maintenant pourquoi elle a préféré partir après la mort de papa. J'en aurais sûrement fait autant, à sa place, dit Silence.

— Mais on est à sa place.

— Qu'est-ce que tu veux dire ?

— Je veux dire qu'on pourrait faire comme elle et se tirer d'ici, répondit-il.

Silence réprima un sourire. Son frère avait visiblement toujours le désir de quitter cet endroit au plus vite. Mais même si elle détestait ses grands-parents et n'avait aucune envie de devoir vivre avec eux, s'enfuir était difficile à envisager pour le moment. Pas tant qu'ils n'auraient pas mis un plan au point et trouvé le moyen de payer un bus ou un taxi jusqu'à Huntington Orn, ainsi que des billets de train pour repartir dans le sud du pays.

— D'accord, mais pas question d'agir sur un coup de tête, on doit d'abord s'organiser.

— C'est-à-dire ?

— De l'argent. Il nous faut de l'argent. Et on doit aussi se renseigner sur les transports qui existent pour rejoindre Huntington Orn.

Oriel prit un temps de réflexion puis acquiesça.

— D'accord. Je vais essayer de trouver un petit boulot à faire après les cours.

— Bonne idée. Maintenant, allons nous coucher, fit-elle tandis qu'ils s'engouffraient dans un troisième couloir.

— On n'est pas déjà passés par là ?

Silence réfléchit. Tous les couloirs de l'étage se ressemblaient avec leurs murs foncés, leurs sols parquetés et leurs portes en chêne. Et même si elle ignorait le nombre de chambres qui se trouvaient aux différents étages, elle se disait qu'il devait y en avoir autant que dans l'hôtel où leur mère avait travaillé comme gouvernante. Peu de gens en ont conscience, mais il se passe toujours des tas de choses dans les hôtels. Au moins autant que dans un petit village touristique. Des gens y travaillent, y dorment, y mangent, s'y amusent, et parfois même y meurent, comme l'homme qui avait fait une crise cardiaque dans la chambre 17. Aucun employé n'en avait jamais parlé ouvertement devant Silence, mais elle avait entendu la standardiste et le garçon d'étage en discuter et dire que c'était le troisième décès dans cette chambre cette année, et qu'elle était probablement hantée. Ce qui avait beaucoup amusé Silence. « Hantée », non mais franchement, comment des gens sains d'esprit pouvaient-ils nourrir des idées aussi ridicules ?

— Possible… C'est un vrai labyrinthe ici, répondit-elle.

— Et on n'y croise jamais personne, soupira Oriel.

Silence était de son avis. Il devait y avoir de nombreux employés au manoir, et le fait de le savoir lui donnait une conscience plus aiguë du silence qui régnait non seulement dans les couloirs, mais dans toute la maison.

— Ah, puisque t'en parles, fit-elle en tendant l'oreille, je crois que quelqu'un vient par ici.

Oriel tourna la tête de l'autre côté du couloir. Ils entendirent un bruit de pas, puis un autre, mais sans voir personne.

— Que se passe-t-il ? Je n'y comprends rien, s'étonna Oriel.

— Ces bruits de pas viennent probablement d'un autre couloir, expliqua Silence. C'est une vieille maison et avec tous ces tuyaux dans les murs, le son se répercute et…

Oriel ouvrait la bouche pour lui dire que les bruits de pas ne provenaient sûrement pas des tuyaux lorsqu'il entendit soudain un coup sourd dans le mur.

— Tu penses que quelqu'un est en train de faire des travaux ? demanda-t-il.

— À cette heure ? Ça m'étonnerait.

— Sauf si c'est un problème de plomberie, une fuite ou…

Des coups se mirent alors à résonner dans tous les murs, comme si quelque chose était en train de les frapper ou qu'ils étaient sur le point d'exploser. Et soudain Oriel eut l'impression de distinguer un mouvement tout au fond du couloir. Il avança de quelques pas et réalisa qu'il s'agissait d'une ombre… une ombre qui se répandait lentement le long des murs et du plafond. Il resta une ou deux secondes à la fixer pour s'assurer qu'il ne rêvait pas, puis son instinct prit le dessus :

— Il ne faut pas rester là !

— Quoi ?

— Viens ! s'écria-t-il en prenant la main de sa sœur avant de se mettre à courir.

— Oriel ! Qu'est-ce que tu fais ? s'exclama Silence en se demandant où il courait comme ça.

— On doit s'éloigner d'ici ! fit-il en l'entraînant dans un couloir transversal.

— Mais pourquoi ?

Oriel ne l'avait jamais dit à Silence, mais il lui était souvent arrivé, quand il était petit, d'avoir des intuitions effrayantes. Il ne se souvenait que des plus marquantes, comme la fois où il avait lâché la main de sa mère et avait traversé la rue pour la contraindre à le suivre, juste avant qu'un gigantesque échafaudage ne s'écroule sur le trottoir où ils se trouvaient quelques secondes plus tôt. Ou celle où il avait senti que le voisin du quatrième étage voulait lui faire du mal et qu'il s'était mis à hurler pour ameuter tout l'immeuble. Il était trop jeune à l'époque pour réfléchir à ce qu'il faisait ou aux raisons pour lesquelles il le faisait. Il avait simplement ressenti une impression d'urgence et avait réagi sans y penser, instinctivement. Et c'était exactement ce qui était en train de se produire en cet instant : Oriel ne raisonnait pas, ne cherchait pas à comprendre : il sentait la menace et réagissait en conséquence.

— Pour une fois, tu pourrais me faire confiance et ne pas poser de questions ? aboya-t-il d'une voix étranglée par la panique.

— D'accord, d'accord, inutile de crier ! répondit Silence.

— Plus vite ! Plus vite ! la pressa Oriel, tandis qu'ils remontaient un immense couloir en courant.

— Stop ! C'est là ! C'est la nurserie ! lança Silence, essoufflée, en s'arrêtant devant la porte à double battant.

Oriel s'engouffra aussitôt à l'intérieur en tirant sa sœur derrière lui, referma prestement la porte et tendit l'oreille pendant un bon moment.

— Je… je crois que ça va aller, « ça » ne nous a pas suivis, fit-il au bout d'un moment.

— Qui ? De qui parles-tu ? demanda-t-elle, perplexe.

— De l'ombre.

— D'accord, euh… t'es vraiment bizarre, là, tu es sûr que ça va ? demanda Silence.

Oriel la regarda sans répondre.

— Tu sais, si courir autour d'un stade te manque à ce point, il y a un grand parc dehors, ne te gêne pas, ajouta-t-elle sur le ton de la plaisanterie.

Oriel leva les yeux au ciel.

— Il n'y a pas pire aveugle que celui qui ne veut pas voir.

— Ça veut dire quoi, exactement ?

Il haussa les épaules.

— Ça veut dire que tu devrais éviter de poser des questions dont tu ne veux pas connaître la réponse.

— Tu sais, il y a vraiment des jours où j'ai du mal à te comprendre.

— Oui, je sais, répondit Oriel avant de se diriger vers la salle de bain, d'allumer la lampe et de regarder son reflet dans la glace posée au-dessus du lavabo.

Il n'avait pas eu ce genre d'intuition terrifiante depuis six ou sept ans, maintenant. Ce don s'était estompé au fur et à mesure qu'il grandissait, puis avait complètement disparu. Du moins, c'était ce qu'Oriel avait toujours cru. Mais après ce qu'il venait de se passer, il n'en était plus vraiment sûr. Tout était flou quand il était jeune et il ne réalisait pas que ces pressentiments ou intuitions n'étaient pas normaux. À l'époque, il ne voyait rien d'étonnant ou de curieux à tout ça. Mais c'était complètement différent aujourd'hui. Oui, aujourd'hui, Oriel en comprenait l'étrangeté et ça l'effrayait. Et il ne pouvait s'empêcher de se demander si le brusque retour de son don n'était pas dû à cet endroit. Au manoir. Et aux nombreux dangers qui les guettaient entre ses murs.

— Oriel, dépêche-toi un peu, je voudrais me préparer et me brosser les dents avant d'aller me coucher ! grommela soudain Silence à travers la porte.

Levant les yeux au ciel, Oriel poussa le verrou et ouvrit la porte de la salle de bain.

— Ah, enfin, ça fait au moins une heure que tu es là-dedans !

Oriel fit les yeux ronds. Une heure ? Impossible.

— Tu plaisantes ? Je viens à peine d'entrer !

— C'est ce que tu dis, mais j'ai eu le temps de lire au moins huit chapitres et…

Elle s'interrompit brusquement et lança :

— Et tu es encore tout habillé et tu n'as même pas pris ta douche, en plus !

Oriel fronça les sourcils. Silence ne mentait pas et ne se moquait pas de lui, il le voyait à la lueur perplexe qui luisait dans ses yeux. Bon sang ! Mais que se passait-il au juste ? Est-ce que ça venait de lui ? Avait-il été pris à ce point dans ses réflexions qu'il n'avait pas vu le temps passer ou est-ce que ça venait d'elle ? De cette maison ? Et où son esprit s'était-il égaré durant tout ce temps ?

Chapitre 12

— Tu as vu ça ? On dirait un mélange entre une affreuse maison et une non-moins-affreuse église, plaisanta Oriel.

Silence leva les yeux vers l'énorme bâtiment qui se profilait au bout de l'allée. L'institut Crochemort avait été construit, tout comme le manoir, sur les hauteurs de la ville. Et le moins qu'on puisse dire, c'est qu'il était plutôt original avec son bloc central bordé de côtés triangulaires, ses murs de pierre noire, ses arcs de marbre gris au-dessus des fenêtres, ses vitraux et son immense avancée à ogives.

— Il n'y a pas d'église à proprement parler, à Whisper Town, monsieur, déclara soudain Franck Barnett en se garant non loin de l'entrée. Ni église, ni temple, ni mosquée.

Silence et Oriel échangèrent un regard estomaqué.

— Eh bien… voilà qui n'est pas banal… Aucun lieu de culte ni endroit pour prier et se réunir, c'est plutôt rare, remarqua Oriel.

— Oh si, il y a bien des endroits où les fidèles se réunissent, mais on ne les appelle pas comme ça… parce qu'ici, voyez-vous, on n'a pas les mêmes croyances que tout le monde, expliqua le chauffeur, avant de descendre de la voiture pour ouvrir la portière de Silence.

Cette dernière se pencha vers son frère pour lui murmurer :

— Ça veut dire quoi : « on n'a pas les mêmes croyances que tout le monde » ?

— Aucune idée, soupira Oriel. Bon, tu descends, oui ou non ?

Silence baissa les yeux pour examiner sa tenue, puis poussa un gros soupir. Un uniforme. Elle n'aurait jamais cru devoir en porter un, un jour, ni devoir se rendre dans une école privée fondée par sa famille.

— Détends-toi, ce n'est qu'un mauvais moment à passer.

— Hum, on voit bien que ce n'est pas toi qui portes cette petite jupe ridicule et cette veste qui gratte, répondit Silence avant de descendre de la voiture.

— Ne te plains pas : moi, j'ai et la veste et le pantalon qui grattent, lui lança Oriel d'un ton amusé, avant de sortir du véhicule à son tour.

Leur grand-père, Reginald, avait passé tout le temps du petit déjeuner à discourir sur les origines de l'institut, sur Humphrey Crochemort, leur ancêtre qui l'avait fait bâtir pour que son fils et ses amis puissent étudier ensemble dans un cadre qui soit digne d'eux. Digne des enfants des plus importantes et prestigieuses familles de Whisper Town… Et Oriel se demandait, maintenant qu'il pouvait l'observer en détail, si l'architecte qui avait conçu le projet n'avait pas été en proie à des bouffées délirantes. Le bâtiment était à la fois lugubre, déprimant et bien trop vaste pour une école. Et l'intérieur était tout aussi extravagant. En particulier la fresque peinte sur le plafond du hall d'entrée, représentant des personnes aux visages encapuchonnés dansant autour d'un feu non pas alimenté par des bûches, mais par une pile de cadavres sanguinolents.

— Le mec qui a peint cette fresque devait être sérieusement perturbé, soupira Oriel.

— Comme ceux-là, déclara Silence en voyant que tous les élèves qui passaient par là se figeaient en les apercevant, comme s'ils venaient d'être pétrifiés par la Gorgone.

Oriel fronça les sourcils. Les élèves de l'institut étaient en train de se comporter exactement comme les habitants de Huntington Orn, et il ne comprenait vraiment pas ce qu'il se passait, ni pourquoi leur apparition avait interrompu toutes les conversations et tous les mouvements et les déplacements, comme si quelqu'un avait appuyé sur un interrupteur.

— Laisse tomber, fit-il en entendant la sonnerie retentir et en voyant tous les élèves reprendre vie et se volatiliser d'un seul coup. Où sont les bureaux de l'administration, d'après toi ?

— Première porte, au bout du couloir, dit un adolescent brun de seize ou dix-sept ans, qui se tenait non loin d'eux.

Silence croisa ses yeux gris-vert et vit un mélange de peur et de curiosité dans son regard. La curiosité, elle pouvait comprendre : c'était toujours comme ça que des élèves dévisageaient les nouveaux venus dans une école. Mais la peur ? Non, ça, c'était incompréhensible.

— Merci ! lança Oriel en faisant signe à Silence de le suivre.

Des cheveux poivre et sel coupés très court, une robe à pois lui descendant sous le genou, la taille fine, la directrice de l'institut Crochemort était une femme élégante d'une cinquantaine d'années.

— Votre grand-père a appelé pour m'avertir de votre arrivée. Nous sommes très fiers d'accueillir les descendants d'Humphrey Crochemort dans les murs qu'il a lui-même fait construire.

— Merci, madame Hinkley, répondit Oriel.

— J'attends de vous une attitude irréprochable. Tous les élèves vont avoir l'œil sur vous, vous devez donc vous comporter de manière à faire honneur à votre illustre famille. Voici vos classes et vos emplois du temps, déclara-t-elle en leur tendant à chacun une feuille.

— Nous ne sommes pas dans la même classe ? demanda Silence d'un ton contrarié.

— Non. Votre grand-père ne le souhaite pas.

Les jumeaux échangèrent un regard. Ils ignoraient pourquoi ce dernier cherchait à les séparer, mais ça ne leur plaisait pas du tout. Et ils comptaient bien le lui faire savoir, une fois de retour au manoir.

Oriel parcourut rapidement la feuille contenant son emploi du temps, puis fronça les sourcils.

— Les cours se terminent tous à quatorze heures, mais je ne vois aucune activité extrascolaire… Ni sport, ni…

— C'est l'emploi du temps d'hiver. Nous tenons à ce que nos élèves soient sûrs de pouvoir rentrer chez eux avant la tombée de la nuit, le coupa sèchement Mme Hinkley.

Silence poussa un soupir exaspéré.

— Tout le monde ne cesse de répéter qu'il ne faut pas sortir après le coucher du soleil, si ça continue, on va finir par croire que Whisper Town est infesté de vampires.

Oriel sourit discrètement, mais la plaisanterie n'eut pas l'air de plaire à la directrice.

— Les vampires n'existent pas, Silence. Mais force est de constater que le taux de criminalité a explosé dans notre ville depuis ces neuf dernières années, et qu'il ne cesse de croître depuis, répondit Mme Hinkley. Et comme la plupart des meurtres et des agressions violentes ont lieu à la nuit tombée, il nous a semblé préférable de prendre certaines précautions pour protéger nos élèves.

Les jumeaux étaient perplexes. Si tout ce que venait de dire la directrice était vrai, alors que faisait la police ? Pourquoi ne mettait-elle pas un terme à tout ça ?

— Vous avez des questions ? s'enquit ensuite Mme Hinkley.

— Si les autorités locales ne parviennent pas à contenir cet afflux de violence, dit Oriel, pourquoi ne pas solliciter une aide extérieure, comme…

— … mais parce que ça ne servirait à rien, le coupa sèchement Mme Hinkley.

Oriel et Silence échangèrent un regard confus tandis que la directrice se levait de son fauteuil et déclarait avec un sourire forcé :

— Suivez-moi, maintenant. Je vais vous accompagner dans vos classes respectives.

Silence se demandait vraiment où elle était tombée. Pas seulement depuis qu'elle avait vu toutes les tables se vider autour d'elle et les élèves migrer précipitamment vers le fond de la classe juste après que le professeur d'histoire, M. Mendley, lui avait demandé de se lever de sa chaise pour se présenter, mais en raison du contenu du cours en lui-même : « Le sacrifice humain de l'Antiquité à nos jours ». Non mais franchement, que pouvait-il bien se passer dans la tête de ce gros professeur chauve aux yeux globuleux pour proposer un sujet aussi dénué d'intérêt ? Qu'est-ce qu'elle en avait à faire, des rites aztèques ou de leurs pratiques religieuses ? Sans compter que ce genre de thématique ne figurait probablement pas dans les programmes officiels.

— Nous aborderons demain « la cardiectomie chez les Mayas », autrement dit l'extraction du cœur dans les rites sacrificiels du VIIIe siècle, termina le professeur d'histoire à la fin du cours.

Silence leva les yeux de sa feuille pour lui jeter un regard éberlué. Il plaisantait, pas vrai ? Il était forcément en train de plaisanter…

Tournant la tête vers les autres élèves pour s'en assurer, elle remarqua de nombreux regards noirs braqués dans sa direction et entreprit de ranger rapidement ses affaires. Visiblement, le prof d'histoire n'était pas le seul à avoir un grain dans cette classe. Cinglés. Ils étaient tous cinglés.

— Salut.

Levant la tête, Silence croisa les yeux gris-vert du garçon qui lui avait indiqué où se trouvaient les bureaux de l'administration. Ils n'étaient pas hostiles comme ceux des autres élèves, mais interrogateurs.

— Salut, répondit Silence.

— Au cas où tu te le demanderais, le réfectoire se trouve au rez-de-chaussée, de l'autre côté du hall.

— Merci. Moi c'est Silence, et toi ?

— Azriel.

Silence le dévisagea quelques secondes. Un nez droit, des traits fins et réguliers, il était très beau et paraissait aussi à l'aise dans son uniforme que s'il avait porté un jean. Mais il y avait quelque chose dans son expression, une sorte d'arrogance peut-être, qui rendait Silence méfiante.

— Je peux te poser une question ?

— Quel genre de question ? s'enquit-il d'un ton soupçonneux.

— Il se passe quoi dans cette classe ? Pourquoi est-ce qu'ils me regardent tous comme si je venais d'écraser leur chien ?

Un sourire fugace naquit sur les lèvres d'Azriel.

— Je ne sais pas… C'est peut-être parce que tu es nouvelle et qu'ils n'aiment pas beaucoup les étrangers, mais si ça te dérange, je peux peut-être me débrouiller pour…

— Inutile, le coupa Silence. Je n'ai jamais été très populaire de toute façon. Non, je m'inquiète bien plus au sujet du contenu des cours. Je veux pouvoir décrocher une bourse et je n'ai pas l'impression que l'institut se préoccupe beaucoup des programmes…

— Une bourse ?

— Oui, j'ai envie d'aller dans une bonne université.

Azriel la dévisagea comme pour s'assurer qu'elle était en train de plaisanter, puis comprenant à son air sérieux que ce n'était pas le cas, il éclata de rire.

— Désolée, mais je ne vois pas ce qui t'amuse, grommela Silence, vexée. Je suis sûre que je peux y arriver.

— Non, tu ne peux pas.

— Parce que tu penses que je suis une mauvaise élève ?

— Non, parce que personne ne va à l'université, ici, répondit-il avant de resserrer la sangle de son sac à dos sur son épaule puis de sortir de la classe en riant toujours.

Une fois dans le réfectoire, Silence repéra rapidement Oriel. Il était assis à une table, en train de discuter à bâtons rompus avec trois garçons. Comme à son habitude, il paraissait parfaitement à l'aise et ne semblait avoir aucune difficulté à nouer des relations avec les autres élèves.

— Silence ! Viens là, lança Oriel en apercevant sa sœur.

Cette dernière fronça les sourcils. Une partie de son cerveau lui dictait d'aller le rejoindre, mais l'autre, la moins sociable, celle qui détestait parler à des inconnus, la poussait plutôt à aller s'installer à une autre table. Une table vide.

— Alors ! Tu viens, oui ou non ? insista Oriel en remarquant qu'elle hésitait.

Silence prit une grande inspiration et expiration, comme si elle s'apprêtait à courir un cent mètres, puis se força à marcher lentement jusqu'à la table où son frère était assis.

— Je vous présente ma sœur, Silence, déclara Oriel aux autres garçons, une fois qu'elle se fut suffisamment approchée.

Les regards des trois garçons se braquèrent aussitôt sur elle, puis ils se levèrent, prirent leurs plateaux et partirent s'installer quelques tables plus loin, sans dire un mot.

— C'était quoi ça ? s'enquit Oriel en les suivant des yeux, l'air éberlué. Qu'est-ce qu'il leur a pris ?

— Aucune idée. Quand je me suis présentée dans ma classe, tous les élèves ont réagi comme tes nouveaux copains viennent de le faire, soupira Silence.

— Curieux… D'habitude, il te faut plus de temps que ça pour te faire des ennemis, lâcha Oriel d'un ton sarcastique.

— Ha ha ha… Non mais sérieusement, il y a quelque chose de pas normal. Tout le monde a vraiment l'air de me détester.

Ce n'était pas le fruit de son imagination. Silence avait déjà été ignorée ou même moquée, mais elle ne s'était jamais sentie haïe. Et elle n'avait jamais vu autant d'hostilité dans les yeux et sur les visages de ses camarades de classe, ou de quiconque d'ailleurs.

— Il doit forcément y avoir une raison, moi je n'ai eu aucun problème avec les autres. Ils ont tous été plutôt cool.

Silence tourna la tête vers les trois garçons qui s'étaient installés plus loin et lâcha un petit ricanement.

— Là, tu vois, je vois plus leur côté « j'adorerais étrangler cette fille » que leur côté cool, mais bon… tu vas encore dire que j'ai mauvais esprit, alors…

Oriel sentait la tension dans le réfectoire. Elle pesait non seulement sur Silence, mais aussi sur lui, comme si les élèves n'appréciaient pas de les voir si proches l'un de l'autre.

— Tu sais quoi ? Mange en vitesse et allons prendre l'air, dit-il gentiment.

Oriel ne connaissait pas ces gens, mais ils se fourraient sacrément le doigt dans l'œil s'ils s'imaginaient que leur petit numéro allait avoir le moindre impact sur sa relation avec sa sœur. Silence était sa jumelle et la personne qui comptait le plus au monde à ses yeux, et il n'y avait rien que ces crétins puissent dire ou faire pour changer ça.

Silence lui sourit.

— À vos ordres !

Une fois dehors, Silence inspira profondément, comme si elle s'était retenue de respirer à pleins poumons pendant très longtemps. Elle n'était pas en colère, frustrée ou exaspérée, elle ne ressentait pas non plus de sentiment d'injustice ou de tristesse. Elle réfléchissait seulement à un moyen de remédier aux problèmes qui semblaient curieusement s'accumuler ces derniers temps.

— À quoi tu penses ? lui demanda Oriel tandis qu'ils traversaient la cour.

— Tu avais raison, on ne peut pas s'attarder ici.

— Il s'est passé quelque chose ?

— J'ignore si c'est vrai, mais un garçon de ma classe, le seul d'ailleurs qui ait osé m'adresser la parole, m'a raconté que les élèves de l'institut ne suivaient pas de cursus universitaire après l'obtention de leurs diplômes.

Oriel lui jeta un regard incrédule.

— Il devait plaisanter.

Silence secoua la tête.

— Je ne crois pas, non. En tout cas, ça expliquerait pourquoi les professeurs de cette école se fichent complètement du programme officiel.

Oriel prit un temps de réflexion. Il avait été lui aussi surpris du contenu des cours. En particulier celui sur « l'autonomie politique et économique de Whisper Town ».

— C'est vrai que les matières enseignées ont l'air un peu particulières, mais…

— Particulières ? C'est du grand n'importe quoi, oui !

Silence faisait une vraie fixation sur les études, et Oriel pouvait voir à son expression qu'il n'avait plus besoin de s'efforcer de la convaincre de quitter le manoir au plus vite, puisque le terrible niveau d'enseignement prodigué à l'institut venait de s'en charger à sa place.

Sentant un poids dont il n'avait même pas conscience quitter brusquement ses épaules, il acquiesça.

— On est d'accord. Tu n'obtiendras jamais de bourse si on reste ici.

— Et toi non plus, fit Silence d'un ton morose.

— Alors on fait quoi ? On tente le coup et on fait du stop jusqu'à Huntington Orn ou même après ? suggéra Oriel.

— Et on s'y prend comment pour trouver où dormir et de quoi manger ?

— On récupérera de la nourriture dans les cuisines du manoir avant de partir et on trouvera bien un abri en chemin pour se reposer.

Un million de pensées se bousculaient dans la tête de Silence. Oui, ils pouvaient fuguer et improviser, mais quelque chose lui disait qu'ils n'iraient pas loin s'ils s'y prenaient de cette façon.

Constatant que même dans la cour, tous les regards des élèves convergeaient vers eux comme s'ils étaient les acteurs d'un film, Silence se leva, épousseta la poussière sur sa jupe puis décréta :

— On peut aussi se rendre en ville à la fin des cours et essayer de voir si on peut se trouver un petit boulot pour gagner un peu d'argent.

— Si ce qu'a dit Mme Hinkley est vrai, on va devoir en trouver un qui se termine avant la tombée de la nuit.

— On peut aussi sécher les cours et travailler durant la journée, suggéra Silence.

Oriel fit les yeux ronds. « Sécher » était un mot qu'il n'aurait jamais cru l'entendre prononcer un jour.

— L'institut ne risque pas d'avertir les Crochemort de notre absence ?

— Si.

— Et tu ne crains pas leur réaction ?

— Ces deux vieux schnocks peuvent bien hurler, se rouler par terre ou nous menacer, je m'en moque complètement.

Oriel opina lentement du chef.

— D'accord, mais M. Barnett ?

— Quoi M. Barnett ?

— Il a dit qu'il viendrait nous chercher en fin de journée, non ?

Silence n'avait rien contre le chauffeur de ses grands-parents, mais elle n'avait pas l'intention de renoncer à ses projets pour autant.

— On lui présentera nos excuses demain. Le plus important, c'est de trouver le moyen de quitter Whisper Town, puis d'aller expliquer au juge que nous sommes largement en âge de décider de ce qui est le mieux pour nous, et qu'on refuse de vivre chez les Crochemort.

— Et s'il nous dit que nous n'avons pas le choix ?

— Alors, on prétendra qu'ils nous ont maltraités. Avec un peu de chance, on pourra rester chez les Evans le temps que les services sociaux mènent l'enquête.

Oriel écarquilla les yeux.

— Tu… tu irais jusque-là ?

— Et plus loin encore, confirma-t-elle sans rougir.

— *Ah ah ah ! Jusqu'où n'iraient pas les gosses pour faire de bonnes études de nos jours ?!* s'esclaffa la voix dans la tête de Silence.

— *Toi, la ferme !*

— *Oh, ne le prends pas comme ça. C'était un compliment. J'aime te voir préparer un coup tordu. Ça prouve que tu commences à subir mon influence, ce qui ne peut que me réjouir.*

— Ton influence, mon œil !

— Mais si, mais si… Continue comme ça et on devrait être bientôt sur la même longueur d'onde tous les deux.

Chapitre 13

Franck Barnett était mort d'inquiétude. Il était arrivé à la fin des cours et avait attendu que l'école se vide de ses élèves, mais plus personne ne sortait du bâtiment à présent et ni Oriel ni Silence ne l'avait encore rejoint sur le parking. Descendant de la voiture, il se dirigea vers l'institut et les services de l'administration. Après s'être assuré que les jumeaux avaient bien assisté aux cours du début de l'après-midi, il dut se rendre à l'évidence et accepter le fait qu'ils lui avaient volontairement fait faux bond et qu'ils devaient être en train de traîner quelque part.

— Monsieur Barnett, monsieur Barnett ! Attendez ! hurla une voix tandis qu'il regagnait le parking.

Il reconnut immédiatement Mme Hinkley, la directrice de l'institut.

— Oui ?

— Je vous prie d'assurer à M. Crochemort que nous ne sommes nullement responsables de leur disparition et qu'il ne s'agit pas d'un manque de vigilance de notre part.

Une lueur de peur luisait dans les yeux de la directrice. Une lueur identique à celle qui brûlait dans le regard de Franck en cet instant.

— Je transmettrai le message, mais ne vous faites pas d'illusion : la situation risque de devenir pénible pour tout le monde si je ne les retrouve pas rapidement.

Mme Hinkley déglutit. Si les mots que le chauffeur des Crochemort venait d'utiliser étaient pondérés, son ton, lui, contenait une menace non dissimulée.

— Je… je comprends.

— Contactez leurs camarades de classe et demandez-leur s'ils ont vu les jumeaux sortir de l'institut.

— Oh, ils ont quitté l'école, j'en suis certaine.

Franck regarda l'horizon d'un air anxieux. Oriel et Silence étaient là, probablement quelque part en ville, inconscients du danger. Ou des règles. Et il en existait un bon paquet à Whisper Town. La plupart d'entre elles avaient été édictées pour assurer la sécurité des habitants. En tant que nouveaux venus, les jumeaux ignoraient à quel point les rues pouvaient être dangereuses, mais ce n'était pas entièrement leur faute. Si Reginald Crochemort et sa femme n'avaient pas interdit aux membres du personnel de leur révéler quoi que ce soit, ou s'ils avaient simplement pris la peine de le faire eux-mêmes, les gamins n'auraient certainement pas pris le risque d'aller se promener à une heure aussi avancée de la journée.

— Vérifiez tout de même.

— Mais c'est que…

— Faites ce que je vous dis, ordonna sèchement le chauffeur.

— Entendu.

Franck salua la directrice d'un bref signe de tête, poursuivit son chemin jusqu'à la voiture, puis s'installa derrière son volant. Il avait cinquante-deux ans et ça faisait un bon bout de temps qu'il ne ressentait plus aucun plaisir à jouer les chauffeurs ou les coursiers pour les Crochemort. Puis il avait vu cette gamine, cette enfant maudite, cette enfant que tous détestaient et accusaient de tous les maux… Elle était très différente de Mira, bien sûr, mais Silence avait cette même façon d'observer les choses et les gens. Cette même lucidité au fond des yeux. Et elle lui rappelait étrangement sa petite fille. Si étrangement, qu'il ne supportait pas l'idée qu'elle puisse connaître le même sort funeste. Il ne voulait pas assister à un autre enterrement, ni voir cette gamine reposer au fond d'un trou sombre et humide. Pas cette fois. Non, cette fois, il voulait pouvoir faire quelque chose… Il devait faire quelque chose…

Les services de police de la ville occupaient un petit immeuble de trois étages à la façade grise et aux fenêtres grillagées. Entre le va-et-vient des visiteurs et le manque de personnel, Franck Barnett n'eut aucun mal à rentrer discrètement dans l'ascenseur. La moitié des agents présents au troisième étage était occupée à ranger des dossiers ou à répondre au téléphone, tandis que l'autre moitié pianotait sur des ordinateurs. Et là encore, personne ne lui prêta la moindre attention, alors qu'il se dirigeait vers le bureau du chef Grady.

— Salut Mike, fit Franck Barnett en poussant la porte.

Le teint mat, les cheveux gris coupés court et le ventre bedonnant, le chef Grady leva lentement la tête de son ordinateur et sourit.

— Franck ? Quel bon vent t'amène ?

— Je ne parlerais pas d'un « bon vent », mais plutôt d'une tempête, soupira le chauffeur d'un ton anxieux.

L'expression affable du chef Grady se flétrit légèrement.

— Explique.

— Les jumeaux Crochemort se sont volatilisés.

— Qu'est-ce que tu entends par « volatiliser » ?

— Ils sont sortis de l'institut après les cours et sont probablement allés se promener quelque part en ville.

Le chef de police Grady n'était ni un héros, ni un mauvais homme. C'était un individu à l'esprit pratique, qui faisait ce qui devait être fait et qui exerçait son job sans haine, mais sans compassion non plus. Après avoir jeté un œil à l'horloge fixée sur le mur de son bureau, il secoua la tête et répondit :

— C'est ennuyeux pour le garçon, mais pour la fille, je dirais « bon débarras ».

Franck Barnett lui jeta un regard excédé.

— Je crois que tu sous-estimes la gravité de la situation…

Le chef Grady le dévisagea longuement. Il connaissait bien Franck, ils avaient longtemps habité dans des immeubles voisins étant enfants, et il savait que c'était un homme posé, raisonnable et qui ne paniquait pas sans motif, alors quelle mouche le piquait aujourd'hui ?

— C'est sûr que le vieux Reginald va nous passer un savon si on ne retrouve pas les mômes, ça ouais, reconnut le chef Grady, mais…

Franck secoua la tête.

— Non. Non, il nous tuera. Il nous tuera, toi, moi et probablement tous les flics de cette ville si on ne remet pas rapidement la main sur les deux gamins.

Franck se fichait bien, lui, de la punition que son patron allait très certainement lui infliger. Mourir ne lui posait aucun problème. Sa femme était morte, sa petite fille était morte, il faisait un boulot de merde, et il avait de plus en plus de mal à se lever chaque matin, mais le chef Grady n'était visiblement pas dans le même état d'esprit.

— Non mais c'est une blague ? Qu'est-ce que j'y peux, moi ?! hurla-t-il, sur la défensive.

— Tu es policier, c'est ton job de retrouver les personnes disparues, non ?

Les personnes disparues ? Franck devait plaisanter. Des disparus, il y en avait à la pelle dans cette ville. Et le chef Grady considérait que c'était une vraie chance quand il tombait sur le cadavre de l'un d'entre eux et qu'il parvenait à restituer sa dépouille à sa famille. Quand il pensait au nombre de proches qui n'avaient pas eu d'autre choix que de brûler ou d'enterrer des cercueils vides, ça le rendait malade.

— Tu en as de bonnes, toi ! Tu as vu l'heure ?

— Je sais que la nuit ne va pas tarder, oui, répondit calmement Franck.

— Et tu voudrais que mes gars et moi, on aille patrouiller dehors ?

— Moi, je ne veux rien. Je te dis simplement ce qui nous attend, si quoi que ce soit arrive à ces gamins…

Le chef Grady crispa si fort ses doigts sur les accoudoirs de son fauteuil que sa peau se marbra.

— Si Reginald Crochemort veut récupérer ses petits-enfants, il n'a qu'à aller les chercher lui-même. Mais je ne vais pas risquer ma vie ni celle de mes gars pour sauver deux mioches sans cervelle.

— Parfait. Tu n'auras qu'à le lui dire quand il t'appellera et qu'il te demandera pourquoi tu n'as pas levé le petit doigt pour lui ramener son héritier, répondit Franck en prenant garde de ne pas perdre le contrôle de sa voix, de peur de perdre le contrôle tout court.

Un lâche. Mike Grady était un lâche.

— Eh, pas si vite ! l'interpella ce dernier alors que Franck s'apprêtait à franchir la porte de son bureau. Tu ne noircissais pas le tableau quand tu parlais de la réaction du vieux Crochemort ? Tu crois qu'il pourrait vraiment nous… enfin… si on ne retrouve pas ces foutus jumeaux ?

Franck Barnett haussa les sourcils.

— Tu l'as déjà vu faire, pas vrai ? Tu sais ce dont il est capable quand il est contrarié ?

Le chef Grady sentit sa gorge s'assécher brusquement.

— Oui, mais…

— Alors, pourquoi perds-tu ton temps à me poser des questions stupides ?

Chapitre 14

Silence et Oriel marchaient côte à côte dans la rue, le pas calqué sur celui de l'autre. Les façades des petits immeubles et des boutiques du quartier étaient un mélange de briques et de bois. Elles dégageaient une impression sinistre, comme si les visages austères de leurs habitants avaient imprégné l'apparence des bâtiments.

— Tu as vu la pancarte ? Ils cherchent un employé à mi-temps, remarqua Silence en passant devant une vitrine.

Oriel cessa de marcher et poussa la porte avant observer l'intérieur du magasin avec attention.

La boutique était étrange avec tous ces pots remplis d'herbes, ces colliers en bois, ces amulettes, ces bougies et surtout, surtout, avec toutes ces lampes traînant sur les étagères. Lampes à pétrole, lampes de poche, il y en avait de toutes tailles et de toutes sortes. L'ensemble ressemblait à un grand bric-à-brac.

— Bonjour, que désirez-vous ? demanda un homme d'une soixantaine d'années à la peau foncée, aux cheveux blancs crépus et aux yeux chocolat en sortant de derrière son comptoir.

— Bonjour, monsieur, on vient pour l'annonce, répondit Oriel.

Son interlocuteur le dévisagea d'abord avec surprise, puis avec défiance.

— Quelle annonce ?

— Vous cherchez bien un employé à mi-temps ? demanda l'adolescent.

Les yeux chocolat de l'homme s'élargirent, puis se posèrent sur Silence, puis à nouveau sur Oriel et il se mit à balbutier d'une voix incertaine :

— Vous… vous êtes les jumeaux Crochemort ?

Oriel haussa les sourcils.

— En effet. Comment… ?

— La couleur de vos yeux. Ce bleu pâle, presque blanc, il est vraiment très spécial, vous savez ? Pour ne pas dire unique.

Oriel et Silence échangèrent un regard.

— Alors comme ça, vous cherchez du travail ?

— Oui, répondit Oriel.

L'homme plissa les yeux, puis comprenant qu'Oriel était sérieux, il se tourna vers un coin de la boutique et lança d'un ton moqueur :

— Ça, c'est la meilleure ! Eh, tu entends ça, Alberta ? Ils cherchent du travail !

Silence suivit son regard et remarqua, pour la première fois depuis qu'elle était entrée, une vieille femme qui tricotait, assise sur une chaise. Elle avait un châle sur les épaules, des cheveux blancs et des yeux dont Silence n'arrivait pas à voir s'ils étaient noisette ou vert foncé. Le genre de couleur changeant en fonction de la lumière.

— J'ai entendu, oui, confirma la vieille femme en cessant de tricoter.

L'homme aux yeux chocolat secoua la tête puis reporta son attention sur les jumeaux.

— Qu'est-ce qu'il y a, les petits ? On ne vous donne pas suffisamment d'argent de poche ?

— Quel argent de poche ? Vous croyez quoi ? Qu'on roule sur l'or ? grommela Oriel.

— Les Crochemort ne sont pas pauvres, ça c'est sûr, ricana l'homme.

— Oui, mais nous, on l'est, rétorqua Oriel. Écoutez, on sait travailler et on est sérieux, monsieur… ?

— … Johnson. Je m'appelle Harold Johnson.

— On est prêts à faire un essai, si vous le souhaitez, monsieur Johnson, proposa Oriel d'un ton enthousiaste.

Harold resta un moment bouche bée, puis tourna la tête vers Alberta. Cette dernière sembla hésiter puis acquiesça doucement avant de dire :

— Lui, c'est d'accord. Pour elle, pas question.

Oriel et Silence lui jetèrent un regard surpris.

— Sa place n'est pas ici, poursuivit sèchement Alberta.

— Vous voulez dire dans cette boutique ? interrogea Oriel.

Comme la vieille femme ne répondait pas, il demanda encore d'une voix hésitante :

— Ou dans cette ville ?

Alberta secoua la tête.

— Dans ce monde. Elle ne devrait plus faire partie de ce monde.

Silence laissa échapper un ricanement.

— Charmant.

Oriel s'apprêtait à dire à sa sœur qu'ils feraient mieux de partir, lorsqu'il sentit soudain une pulsion sourde résonner à l'intérieur de son crâne.

— Qu'est-ce qu'il t'arrive ? demanda Silence en le voyant tituber et manquer de tomber.

— J'ai… j'ai l'impression que ma tête va exploser, balbutia Oriel d'une voix blanche.

— Ça ne va pas, petit ? fit Harold Johnson.

— Non, ça ne va pas, répondit Oriel, en sentant la pulsion accélérer.

— Viens, on va prendre l'air, décréta Silence en glissant son bras sous le sien.

Après avoir franchi le seuil de la boutique, Oriel sentit ses jambes flageoler et faillit s'effondrer.

— Eh ! Tu es trop lourd pour que je puisse te porter, grommela Silence, alors fais un effort, tu veux ?

— Ça… ça va aller, balbutia Oriel, la vision obscurcie par les images qui étaient en train de l'envahir.

Il avança d'un pas, puis cessa complètement de bouger.

— Oriel ? l'appela Silence.

Mais son frère ne l'entendait pas. Ses visions assaillaient son esprit telle une volée de corbeaux, et des images le percutaient de plein fouet. Flash. Un homme en pardessus marchant dans une ruelle. Un autre flash. L'homme s'arrêtant soudain de marcher pour jeter un coup d'œil furtif derrière son épaule, comme s'il avait entendu un bruit ou remarqué quelque chose d'étrange. Flash. Une expression horrifiée sur le visage de l'homme au pardessus. Flash. L'homme au pardessus poussant un hurlement. Flash. Une pluie de gouttes de sang explosant en un million de microgouttelettes sur les pavés. Puis plus rien. Rien du tout.

— Oriel, tu vas répondre, bon sang ! hurla sa sœur en le secouant.

Clignant des yeux, l'adolescent tourna la tête vers Silence, le regard un peu flou.

— Arrête de hurler, j'ai bien assez mal au crâne comme ça.

— Que t'arrive-t-il ? grommela Silence en le dévisageant.

Pendant un bref instant, Oriel avait eu l'air ailleurs. Comme s'il entendait ou voyait des choses inaudibles ou invisibles aux autres.

— Je veux que tu ailles voir un médecin, décréta-t-elle.

— Pour quoi faire ?

— Pour tes maux de tête.

Oriel poussa un soupir las.

— Je doute qu'un médecin puisse soigner ce genre de migraine.

Silence lui jeta un regard sévère.

— Oriel…

— Écoute, je promets de tout t'expliquer, mais je dois d'abord vérifier quelque chose, fit-il précipitamment.

Il pensait savoir où aller, grâce à l'enseigne d'une entreprise de pompes funèbres « mort et fils » qui avait beaucoup amusé Silence quand elle l'avait vue. Il pouvait se tromper, bien sûr, mais il était quasi certain qu'ils étaient passés par cette ruelle moins d'un quart d'heure plus tôt.

— Quel genre de chose ?

— Un truc…

Silence leva les yeux au ciel.

— Tu te moques de moi ?

— Non. Ça ne prendra pas longtemps, mais je veux que tu m'attendes ici.

Silence regarda son frère comme si elle essayait de lire en lui, puis comprenant à quel point il était sérieux, elle répondit à contrecœur :

— D'accord, mais tu as intérêt à tout me dire quand tu reviendras.

— Je te le promets.

Silence leva les yeux vers les nuages pourpres qui s'amoncelaient dans le ciel et poussa un soupir.

— Fais vite, surtout. Il ne va pas tarder à faire nuit, il faut retourner au manoir.

— Oui, je sais, répondit Oriel avant de s'éloigner en courant.

Silence le suivit un temps des yeux, s'assit sur le bord du trottoir, se traita mentalement d'idiote, puis se leva soudain d'un bond pour se lancer à sa poursuite.

Chapitre 15

— Ne t'approche pas trop, petit, conseilla une voix inconnue dans le dos d'Oriel.

S'approcher ? Non, Oriel ne voulait pas s'approcher. Il essayait seulement de ne pas vomir. L'homme avait la gorge déchiquetée, son torse et son ventre avaient été lacérés, ses intestins pendaient partiellement sur le sol et son cœur était visible à l'œil nu. Oriel avait déjà regardé de nombreux thrillers, mais rien de ce qu'il voyait aujourd'hui ne ressemblait aux scènes de crime qu'il avait vues sur les écrans. Celle-ci était – maintenant qu'il respirait l'affreuse odeur de cuivre du sang et celle de l'écoulement des fluides qui s'étaient échappés du corps de la victime et qu'il regardait les morceaux d'os et de chair collés un peu partout sur les murs – bien plus terrifiante.

— Si c'est pas malheureux, fit soudain une voix de femme.

Oriel entendit plusieurs personnes soupirer, et il sentit un mouvement derrière lui, puis deux, trois… qui le poussèrent à détourner les yeux de l'homme au pardessus et à relever la tête. Les badauds qui s'étaient attroupés autour du cadavre quelques instants plus tôt étaient à présent en train de se disperser et de reprendre leur chemin comme si de rien n'était.

Oriel les regarda quitter la ruelle d'un œil incrédule.

— Mais où vont-ils ? Pourquoi n'attendent-ils pas la police ? s'étonna-t-il en se tournant vers l'homme aux cheveux roux frisés et aux épaules carrées qui se tenait près de lui.

Ce dernier poussa un soupir, puis répondit comme si ces mots expliquaient tout :

— La nuit est en train de tomber.

— Oui, mais…

L'homme roux posa sa main sur l'épaule d'Oriel.

— La mort est un phénomène contagieux dans cette ville, petit, tu ferais mieux de rentrer chez toi.

— Mais on ne peut pas partir comme s'il ne s'était rien passé ! s'écria Oriel. La police pourrait…

— La police ne peut rien faire pour ce pauvre gars. Et il est fort possible que celui qui a fait « ça » soit toujours dans les parages.

Oriel fronça les sourcils. Curieusement, ce n'était pas le corps que l'homme roux pointait du doigt, mais la nappe de brouillard qui était en train d'épaissir à vue d'œil, comme s'il s'attendait à voir surgir un nouveau problème.

— Oh… j'avoue que je n'y avais pas pensé, grimaça Oriel en réalisant avec stupeur que tous les autres étaient partis et qu'il ne restait plus qu'eux deux.

— Pas pensé ? Aucun doute, t'es probablement le garçon le plus stupide que j'aie jamais…

L'homme roux s'interrompit subitement et approcha son visage près de celui d'Oriel.

— Attends… Ces yeux… tu… tu es Oriel Crochemort, pas vrai ?

Oriel haussa les sourcils. C'était une impression ou tout le monde connaissait les Crochemort dans cette ville ?

— Oui, reconnut-il à contrecœur.

— Alors tu ne devrais pas être ici, mon garçon. Tu veux que je te raccompagne ?

Oriel secoua la tête.

— Ne vous donnez pas cette peine. De toute façon, je dois aller chercher ma sœur.

— Ta sœur ? fit l'homme roux d'un air étonné.

— Inutile, je suis déjà là, fit soudain une voix dans leur dos.

Oriel pivota et fronça les sourcils en apercevant Silence.

— Je croyais t'avoir dit de m'attendre.

— Désolée, mais je ne suis pas d'un naturel patient, répondit-elle avant de baisser les yeux vers le corps qui gisait sur le sol et de demander d'une voix mal assurée : C'est quoi ça ? Un… un cadavre ?

Oriel acquiesça doucement.

— Oui.

Silence n'était pas facilement impressionnable. Pas après avoir vu tous ces gens mourir pendant le long séjour qu'elle avait fait à l'hôpital et ces corps que les aides-soignants ou les infirmiers descendaient continuellement à la morgue. Mais elle devait bien reconnaître que l'état dans lequel se trouvait le cadavre étendu sur les pavés était particulièrement atroce et qu'elle était franchement secouée. Pour ne pas dire pétrifiée d'horreur.

— Ça va ? fit Oriel en la voyant blêmir.

Silence déglutit et questiona une voix tremblante :

— Qu'est-ce qu'il lui est arrivé ? Il a été attaqué par un grizzli ou une meute de chiens sauvages ?

Oriel n'avait pas vraiment eu le temps d'y réfléchir, mais ce que venait de dire Silence était loin d'être idiot. Des animaux... il n'y avait effectivement que des animaux munis de griffes et de crocs pour mettre quelqu'un dans un état pareil, mais...

— Je doute qu'un ours se promène en ville. Pour les chiens, je ne sais...

— C'est pas des chiens. Rentre chez toi, gamin ! grogna tout à coup l'homme roux.

Puis il ajouta, en jetant un regard mauvais à Silence :

— Quant à toi, tu peux te balader dehors toute la nuit, je m'en bats le coquillard !

Puis il cracha par terre et s'éloigna en sifflotant.

Silence, trop accaparée par le corps déchiqueté de l'homme au pardessus pour s'offusquer du comportement de l'homme roux, demanda soudain à Oriel :

— Pourquoi est-ce qu'il n'y a pas de policiers ?

— Aucune idée, répondit son frère.

Silence poussa un gros soupir. Décidément, cette ville ressemblait de plus en plus à un asile de fous. Un asile sans murs, barreaux ou personnel soignant. Un asile où les patients vivaient en liberté.

— Allez viens, on ne peut pas rester là, il faut y aller, dit Oriel en prenant sa sœur par la main pour l'entraîner hors de la ruelle.

— Eh ! Tu sais où on va, au moins ?

— Le manoir se trouve là-bas, sur les hauteurs, donc j'imagine que si on marche dans cette direction, on finira bien par tomber dessus, fit Oriel d'un ton confiant en tendant le bras vers la droite.

Silence le suivit, l'esprit submergé par une foule de questions. Qu'est-ce qu'Oriel était venu faire dans cette ruelle ? Que faisait la police ? Pourquoi Oriel voulait-il s'éloigner aussi vite et…

— *Demande-le-lui,* fit soudain la voix dans sa tête.

— *Quoi ?*

— *Demande-lui ce qu'il est venu faire là et comment il a su pour le cadavre…*

— *Il ne savait pas, il ne pouvait pas savoir…*

— *Ah non ? Alors pourquoi sembles-tu si effrayée de lui poser la question ?*

— *Je ne suis pas « effrayée »…*

— *Menteuse…*

— Oriel, tu me dois toujours une explication pour tout à l'heure… quand tu m'as plantée devant la boutique, dit soudain Silence.

Ce dernier déglutit. Il lui avait promis de tout lui expliquer, mais maintenant qu'il était au pied du mur, il ne savait pas par où commencer.

— Je l'ai vu, Silence. J'ai vu cet homme se faire tuer.

Elle se figea instantanément.

— Quand ? Comment ? Il faut que tu le dises à la police et que…

— Pour que les flics me prennent pour un fou et me fassent enfermer ? C'était une vision. J'ai eu la vision de ce qu'il allait arriver à l'homme au pardessus… la vision de ce qu'il allait se passer dans cette ruelle…

Silence plissa les yeux. D'abord, il y avait eu ces cauchemars et les soi-disant rêves qu'il avait faits au sujet du manoir, et maintenant ça ?

— Une vision ? Tu te fiches de moi ?

— Non. C'est vrai, je te jure. Ça m'arrivait souvent quand j'étais enfant, mais… c'est peut-être cet endroit ou… enfin, c'est revenu… mon don est revenu…

Silence dévisagea son frère et comprit qu'il disait la vérité. Ou du moins, qu'il pensait qu'il disait la vérité. Ce qui était nettement plus inquiétant.

— Non. Non, tu me l'aurais dit, si ça avait été le cas. Tu m'en aurais parlé...

— J'étais trop petit quand ça a commencé... je crois que je ne comprenais pas que ce n'était pas normal... Je pensais que c'était la même chose pour toi... pour tout le monde...

Voyant que Silence le dévisageait d'un air toujours incrédule, il poussa un soupir.

— Tu te souviens de la fois où j'ai caché les clefs de la voiture de maman ? Quand elle voulait m'emmener chez le dentiste, et qu'elle a découvert dans le journal du soir qu'il s'était produit un terrible incendie dans l'immeuble où se trouvait le cabinet dentaire et que des tas de gens étaient morts ?

Silence prit un temps de réflexion.

— Oui... non... enfin si, je me souviens qu'elle ne t'avait pas grondé quand tu lui avais rendu les clefs et qu'elle t'avait même serré très fort dans ses bras au lieu de te punir, mais...

— ... c'était à cause de ça. Parce qu'on aurait dû mourir dans cet incendie ce jour-là.

Silence lui lança un regard sceptique.

— C'est impossible.

— Je sais que c'est difficile à croire, mais c'est arrivé à plusieurs reprises… comme la fois avec l'échafaudage, tu te rappelles ?

Silence acquiesça aussitôt. Elle se souvenait parfaitement de cet incident, du bruit terrifiant et de la peur qu'elle avait ressenti.

— C'était une pure coïncidence si…

— Non. J'ai traversé la rue, exprès. J'avais senti que quelque chose de grave allait arriver et qu'on ne devait surtout pas rester sur ce trottoir. Alors j'ai fait en sorte que maman me suive… Je voulais vous éloigner à tout prix de cet endroit.

— D'accord… admettons… si c'est vrai, si tout ça est vrai et que tu as vu cet homme se faire tuer, alors tu devrais savoir qui lui a fait ça… tu devrais savoir si ce sont des chiens ou quelqu'un et…

— Ce n'est pas si simple.

— Comment ça ?

— J'ai vu l'homme dans la ruelle… je l'ai entendu hurler puis il y a eu comme une pluie de sang, mais je ne sais pas ce qui l'a attaqué. Mes visions sont morcelées, elles surviennent comme des flashs dans ma tête… et il m'arrive même de ne rien voir… d'avoir juste une impression… comme pour hier soir…

Silence fronça les sourcils.

— Quoi « hier soir » ? Tu parles du moment où tu nous as fait piquer un sprint ?

Il acquiesça.

— J'ai senti une présence effrayante dans ce couloir…

— Une présence ? Tu ne parles tout de même pas d'un fantôme ou d'un truc de ce genre ?

Oriel hésita. Il ne croyait pas aux fantômes, mais il savait, d'après les histoires qu'il avait lues, qu'il en existait deux sortes : la première et la plus courante regroupait les esprits de personnes défuntes qui cherchaient à s'incruster dans le monde des vivants, et la deuxième, les manifestations non pas liées aux personnes, mais aux lieux… autrement dit aux maisons ou à n'importe quel endroit où se seraient déroulés d'horribles et sanglants événements.

— Non. Mais reconnais que s'ils existaient, le manoir serait un lieu idéal pour eux. Je te parie qu'il y a eu un tas de morts violentes là-dedans, répondit-il prudemment.

— Tu penses que des émotions fortes comme la peine ou la souffrance peuvent imprégner des pierres ou des briques ? demanda Silence d'un ton incrédule.

— Pourquoi pas ?

— Mais parce que c'est idiot.

— Possible. Mais même s'il ne s'agit pas d'un fantôme, je t'assure que quelque chose de fondamentalement mauvais traîne dans les couloirs du manoir, Silence.

Chapitre 16

Tandis que Whisper Town sombrait peu à peu dans la pénombre, le chef Grady se demanda ce qu'il était venu faire dans cette galère. Ce n'était pas la première fois qu'il s'aventurait en ville à la tombée de la nuit, mais jamais dans ce quartier. Et il avait si peur qu'il ne parvenait pas à réprimer les tremblements de ses doigts posés sur l'étui de son arme. Non pas que cette dernière puisse servir à grand-chose. Ça, non. Mais il ne pouvait s'empêcher de frôler la crosse de son pistolet comme il l'aurait fait avec un porte-bonheur ou toute autre breloque servant à éloigner le mauvais sort.

— Salut Harold, fit-il en entrant dans la boutique avant de se tourner vers Alberta et de la saluer poliment de la tête.

— Salut chef, répondit Harold.

— Alors c'est vrai ? Vous avez vu les jumeaux Crochemort ?

Immédiatement après le départ de Franck Barnett, Mike avait ordonné à l'ensemble des officiers de police de lâcher les affaires en cours et de contacter toutes les boutiques de la ville afin de leur demander s'ils n'avaient pas aperçu deux adolescents aux yeux clairs parmi leurs clients. D'après ce qu'avaient dit ses collègues, la plupart des commerçants avaient immédiatement compris qu'il s'agissait des jumeaux Crochemort, et le seul qui avait répondu positivement était Harold Johnson.

— Ouais. Ils ont vu l'annonce dans la vitrine, ils sont entrés et m'ont dit qu'ils cherchaient du travail, expliqua ce dernier.

— Hein ?

Le chef Grady avait dû mal entendre. Les Crochemort ne travaillaient pas, du moins, pas au sens du terme. Reginald Crochemort était le grand prédicateur, la personne la plus importante et la plus puissante de la ville. Et Mike le voyait mal autoriser son petit-fils, son successeur, à bosser dans ce genre d'endroit.

— En tout cas, c'est ce qu'ils m'ont dit. Et puis après, le gamin ne s'est pas senti bien et ils sont partis.

— Oriel Crochemort est tombé subitement malade ?

— À ce qu'il semblerait.

« Génial, songea Mike, il ne manquait plus que ça… »

— Par où ? Par où sont-ils partis ? demanda-t-il.

Harold écarta les mains en signe d'ignorance.

— Ah ça, j'en ai aucune idée, chef. Bon ben c'est pas tout ça, mais il se fait tard et c'est l'heure de fermer.

Mike regarda le ciel à travers la vitrine, puis acquiesça doucement. La nuit était pratiquement tombée, Harold et Alberta devaient très vite rentrer chez eux.

— J'imagine qu'ils doivent toujours traîner dans le quartier, supposa le chef Grady.

— Possible, dit Harold sombrement, mais si c'est le cas…

— Je sais. Prenez soin de vous ! lança Mike avant de pousser la porte de la boutique et de jeter un coup d'œil dans la rue.

Elle était déserte, à présent, et la plupart des grilles des magasins, des bars et des restaurants étaient descendues et les lumières éteintes. Mike se dirigea vers sa voiture en luttant pour ne pas céder à la panique. Puis il se demanda comment il avait fait pour continuer à faire son job après autant d'années passées à avoir peur. Non pas qu'être policier à Whisper Town soit plus dangereux que d'y être plombier. Pour ça, il n'y avait pas d'inégalité : tous les habitants étaient logés à la même enseigne. Et nul ne pouvait être certain de rentrer sain et sauf chez lui à la fin de sa journée de travail. Ça, sûrement pas. En tout cas, pas depuis quinze longues années.

— Ici le chef Grady, fit-il en saisissant sa radio, je suis dans le quartier Winfield sur Manson Street, près de la boutique d'Harold Johnson où les jumeaux ont été vus pour la dernière fois. Est-ce que quelqu'un a des nouvelles ? demanda-t-il d'un ton plein d'espoir.

— Ici Peterson, non, toujours aucune nouvelle, chef.

Mike Grady poussa un profond soupir. À ce stade, il n'avait plus vraiment le choix et il allait devoir patrouiller un peu dans le quartier, avant de rentrer au poste et de s'enfermer avec ses collègues pour la nuit. Il démarra le moteur, mit les pleins phares et commença à inspecter les rues alentour. Le fait qu'il n'y ait plus aucune circulation ni aucun promeneur à cette heure lui facilitait la tâche : si les jumeaux traînaient encore dans le coin, il ne pouvait absolument pas les louper, mais ça voulait aussi dire que ça faisait d'eux de parfaites cibles pour les autres… les prédateurs qui envahissaient Whisper Town après le coucher du soleil et qui se terraient dans l'obscurité.

— Oh non ! s'écria-t-il en pilant dans une ruelle.

Mike savait qu'en tant que policier, il n'était pas censé céder à l'affolement, mais il ne put s'empêcher de sentir les battements de son cœur s'accélérer en découvrant le cadavre étendu au milieu de la ruelle. Il s'y attendait, bien sûr, et ça n'aurait pas dû être un choc pour lui, mais il avait espéré… il avait vraiment espéré que ce serait différent, cette fois, et qu'il parviendrait à arriver à temps pour sauver les deux gamins. C'était certes un peu naïf de sa part, mais il en avait soupé, des drames. De devoir annoncer le décès d'un môme, d'une femme ou d'un mari et de voir la tristesse et le désespoir s'afficher sur les visages de ses proches. Évidemment, Mike savait que ce ne serait probablement pas le cas des Crochemort, et que leurs visages à eux risquaient d'exprimer plus de colère que de véritable souffrance en apprenant la nouvelle mais tout de même... oui, il aurait tout de même voulu que les choses se passent différemment cette fois.

— Ici le chef Grady, fit-il dans le micro de la radio, j'ai repéré un cadavre sur Manson Street.

— Ici Peterson. S'agit-il de l'un des jumeaux, chef ?

— Je n'en sais rien, mais j'imagine que je vais devoir m'en assurer.

Mike soupira intérieurement en repensant à la façon dont il avait réagi lorsque Franck Barnett lui avait annoncé la disparition des deux adolescents, et ne put s'empêcher d'avoir un peu honte de lui. Il n'était pas du genre à prendre des risques inutiles, d'accord, mais il ne pouvait pas non plus nier les responsabilités qui lui incombaient.

— Vous... vous êtes sûr que vous ne voulez pas plutôt retourner au poste et attendre le lever du jour, chef ? Ce serait plus prudent.

— Je ne crois pas que les Crochemort aient la patience d'attendre jusque-là.

Il y eut un silence, puis l'agent Peterson poussa un soupir en répondant :

— Non. Non, probablement pas, chef.

Hésitant encore quelques secondes avant d'ouvrir sa portière, Mike descendit finalement de voiture en croisant les doigts pour qu'il s'agisse de la fille. Pas parce qu'il la rendait responsable, comme la plupart des habitants, de tous les malheurs qui se produisaient à Whisper Town, mais parce que c'était l'hypothèse la moins dramatique. Comme une fatalité, l'accomplissement d'une destinée, une sorte de retour à l'équilibre ou quelque chose dans ce goût-là.

— Alors, t'es qui, toi ? murmura-t-il en s'accroupissant près du cadavre.

Le visage de la victime était suffisamment éclairé par la lumière des phares pour que Mike ne puisse pas se tromper. Il s'agissait d'un homme vêtu d'un pardessus et non d'un adolescent ou d'une adolescente en uniforme. Vu son état de rigidité, il en déduisit qu'il avait dû être tué plus tôt dans la journée, avant même que la nuit ne tombe. C'était rare, mais ça arrivait parfois. Et il pouvait être sûr que dans une ruelle aussi passante, il avait dû y avoir sinon plusieurs témoins du meurtre, du moins des promeneurs ayant aperçu le macchabée et n'ayant pas cru bon d'en alerter la police. Ce qui, là aussi, arrivait de plus en plus souvent. C'était le problème de Whisper Town : ses habitants étaient tellement habitués à voir ce genre de scènes qu'ils les considéraient presque comme « normales ». Comme si se faire tuer faisait partie du prix à payer pour résider dans cette maudite ville.

— Ben dis donc, fit-il en s'adressant toujours au cadavre, on peut pas dire, t'es salement arrangé.

Mike allait se relever lorsqu'il entendit tout à coup une sorte de voix intérieure lui crier : « Sauve-toi ! » Comme il n'avait pas perçu de menace concrète et qu'il aurait été complètement ridicule pour un chef de police de détaler comme un lapin apeuré, il refusa de l'écouter et rassembla ce qu'il lui restait de courage pour ne pas se ruer vers la voiture. Il n'était pas un héros, d'accord, et prétendre qu'il n'était pas terrifié aurait été un mensonge. Mais il ne pouvait pas laisser la peur continuer à régenter sa vie de cette façon. Pas seulement parce qu'il devait continuer coûte que coûte à faire son job, mais parce que ça lui pourrissait la vie depuis bien trop longtemps maintenant et qu'il commençait à avoir de plus en plus de mal à le supporter.

— Je reviens, mon gars, on va prendre soin de toi dès demain matin et te ramener chez toi ! lança-t-il une dernière fois au cadavre avant d'ouvrir la portière.

Mike s'apprêtait à s'installer derrière son volant, lorsqu'il sentit soudain quelque chose s'enrouler autour de ses jambes. Quelque chose à la fois de tangible et d'invisible s'était déplacé à grande vitesse et silencieusement sous la nappe de brouillard. Il tenta de ne pas tomber et tendit la main vers la portière pour se rattraper, mais il était bien trop déséquilibré et loupa son coup. Une fois à terre, il la sentit. Il sentit une peau froide et gluante s'allonger sur son torse et manqua une ou deux respirations. L'haleine de la bête était atroce, si atroce qu'il préférait manquer d'air et étouffer plutôt que d'en sentir l'effluve. Deux grands yeux rubis se posèrent sur lui, il vit un grand trou noir s'élargir au-dessus de son visage, son regard plongea dans un trou béant et il n'y eut plus que la douleur. Une douleur intenable. Insupportable. Indicible. Une douleur à rendre fou.

Puis il y eut comme un glissement et un petit bruit ressemblant à un rire. Un rire qui ne tarda pas à disparaître, peu à peu, sous la brume.

Chapitre 17

Silence et Oriel avaient marché entre les ombres et les lueurs blanchâtres des réverbères jusqu'à une rue portant le nom de Davidson Road, puis ils avaient longé les vitrines d'un magasin de meubles, d'un restaurant, de quatre ou cinq boutiques de vêtements et d'un café jusqu'à Whispergate Avenue presque sans échanger un mot. Silence était trop occupée à se demander ce qu'elle avait bien pu faire pour déclencher l'hostilité d'une ville entière, quant à Oriel, il n'avait pas envie de faire part de son inquiétude à sa sœur en lui faisant remarquer qu'il faisait nuit noire, qu'aucune voiture ne circulait plus dans les rues et qu'ils n'avaient pas croisé âme qui vive depuis un bon bout de temps.

— Eh, qu'est-ce que c'était ? s'exclama tout à coup Silence en poussant un petit cri.

— Quoi ?

— Je ne suis pas sûre mais j'ai senti quelque chose me frôler la jambe.

Oriel baissa les yeux vers la nappe de brouillard qui recouvrait le sol.

— C'était sans doute une souris ou…

— Non, non, c'était plus gros.

— Un rat, alors ? suggéra Oriel.

Silence grimaça. Elle détestait les rongeurs, elle les trouvait dégoûtants et en avait une peur bleue.

— Non, je ne crois pas. C'était comme… je ne sais pas… c'était froid comme la peau d'un serpent.

Oriel jeta un œil autour d'eux. Il eut brusquement la sensation que la lumière des réverbères avait baissé tout à coup et il ne distinguait plus rien à part l'obscurité. Et il sentit un nœud se former dans le creux de son estomac. C'était la première fois qu'il mettait les pieds dans cette rue, mais elle lui semblait étrangement familière et il avait une impression de « déjà-vu »…

— Oh non ! s'écria-t-il soudain en écarquillant les yeux.

— Quoi ?

— Je connais cet endroit… Je l'ai déjà vu…

— Hein ?

— Il était dans mon rêve, dit Oriel d'une voix tremblante. Viens ! On n'est pas en sécurité. Allez !

Silence secoua la tête.

— Tu délires complètement ! C'est comme pour l'homme au pardessus ou ce que tu m'as dit sur « la présence » dans le manoir, tu…

Les mots s'étranglèrent dans sa gorge tandis qu'elle entendait un son strident percer le silence. Un son qui paraissait enfler d'une seconde à l'autre, comme s'il se rapprochait.

— C'est quoi, ça, encore ? balbutia-t-elle en tournant la tête dans tous les sens pour en trouver l'origine.

— Ça vient de dessous ! De sous le brouillard ! s'exclama Oriel. Vite ! Il ne faut pas rester là !

Mais il était plus facile pour Silence d'imaginer que son frère était devenu subitement paranoïaque, ou qu'il souffrait lui aussi d'hallucinations, plutôt que de se dire que son don ou ses rêves prémonitoires étaient bien réels, et qu'ils étaient réellement en danger.

— Arrête tes bêtises, tu veux ?

— Je ne blague pas ! Ne reste pas plantée là ! hurla Oriel.

Silence tressaillit en voyant soudain des silhouettes se détacher de la nappe de brouillard. Des silhouettes qui n'avaient pas forme humaine.

— Cours ! hurla à nouveau Oriel en tirant violemment sa sœur par le bras.

Mais Silence refusait catégoriquement de remettre ses certitudes en question. Il n'y avait pas de créatures bizarres qui se tapissaient dans l'ombre, non. C'était seulement le vent qui soufflait dans le brouillard. Le vent qui soulevait la brume et produisait toutes ces formes étranges.

— Lâche-moi ! s'écria-t-elle en le repoussant.

— T'es folle ?!

Silence ouvrit la bouche pour répondre avant de se pétrifier brusquement. Oriel la dévisagea l'espace d'une seconde, blêmit, puis tomba inconscient sur le sol.

Franck Barnett écrasa son pied sur le frein en apercevant Silence de l'autre côté de la rue, le corps de son frère allongé à ses pieds. Curieusement, la brume ne recouvrait pas le trottoir où se trouvaient les jumeaux, mais paraissait former un cercle autour d'eux. Comme si elle souhaitait se tenir à distance ou qu'elle ne pouvait pas s'approcher.

— Allez, un peu de courage, mon vieux, songea Franck avant de braquer le volant, d'appuyer légèrement sur l'accélérateur et de monter sur le trottoir pour se rapprocher le plus possible des jumeaux.

Il n'était probablement plus en mesure d'aider le garçon, mais il pouvait au moins sauver la jeune fille.

— Venez, miss Crochemort ! Venez vite ! hurla Franck en baissant sa vitre.

À sa grande surprise, Silence ne sembla pas l'entendre. Poussant un soupir, le chauffeur jeta un bref coup d'œil en direction de la brume, puis descendit de voiture avant de se précipiter vers l'adolescente.

— Miss Crochemort ? répéta-t-il en se plantant devant elle.

Mais Silence agissait comme si elle n'avait pas conscience de sa présence. Elle se tenait droite, les yeux grands ouverts et paraissait s'être arrêtée de respirer, de parler, de penser… bref, s'être arrêtée tout court.

— Silence ? insista Franck sans obtenir, à nouveau, de réponse.

Il attendit encore une ou deux secondes ne sachant quoi faire. Elle était en état de choc, c'était évident. Mais Franck n'avait pas de temps à perdre, pas alors qu'il se savait cerné par les ténèbres et qu'il sentait leurs regards hostiles braqués sur lui.

— Miss Crochemort, réveillez-vous ! Il ne faut pas rester là ! fit-il en la secouant par les épaules.

Silence cligna des yeux, comme si elle sortait d'une profonde rêverie, puis tourna lentement la tête vers lui en demandant :

— Monsieur… monsieur Barnett ? C'est vous ?

Franck sourit. Il ne comprenait pas, non, il ne comprenait définitivement pas comment la petite avait fait pour échapper aux griffes des ténèbres et ne pas se faire tuer. Ça, c'était un vrai mystère. Mais il en était sincèrement soulagé.

— Oui, miss Crochemort, c'est moi.

— J'ai… j'ai fait un horrible cauchemar, balbutia-t-elle.

Franck écarquilla les yeux. Un cauchemar ? Pensait-elle vraiment qu'elle était en train de rêver ? Il allait répondre que ce n'était pas le cas, lorsqu'il l'entendit soudain pousser un hurlement.

— Oriel ! Oriel ! cria-t-elle en se jetant sur le corps inanimé de son frère.

Franck la regarda faire, la gorge serrée. Il avait vu tellement de cadavres gisant sur les trottoirs ces quinze dernières années, tellement de scènes désolantes comme celle-ci, qu'il ne se faisait pas la moindre illusion. Le gamin était mort et personne ne pouvait plus rien pour lui.

— On ne peut pas rester là, miss.

— Quoi ? fit-elle avant de coller son oreille sur la poitrine d'Oriel.

— On doit s'en aller et vite. Venez !

— Vous voulez que j'abandonne mon frère inconscient sur le trottoir ? Vous plaisantez, j'espère ?

Franck lui jeta un regard incrédule. Inconscient ? Elle avait bien dit « inconscient » ?

— Non… non, bien sûr que non, balbutia-t-il, avant de s'accroupir près d'Oriel et de prendre son pouls.

Silence avait raison, son frère était en vie. Franck ignorait ce qu'il arrivait au jeune Crochemort et la raison pour laquelle il avait perdu connaissance, mais sa respiration semblait normale et il était toujours vivant. Ce qui était bien plus qu'il n'était en droit d'espérer. Que ce que n'importe qui aurait été en droit d'espérer dans ce genre de situation.

— Aidez-moi à le soulever, on va l'emmener à l'hôpital, dit Silence.

— Attendez une seconde, miss, répondit Franck en palpant le corps d'Oriel puis son cuir chevelu, en quête d'éventuelles blessures.

— Alors ?

— Je ne suis pas médecin, mais je ne vois pas de trace de contusion. Non, si vous voulez mon avis, c'est seulement un malaise.

— Malaise ou pas, il faut le faire examiner, décréta Silence.

— Oui, miss, on appellera le docteur dès que nous serons rentrés au manoir, répondit Franck avant de placer ses mains sous les aisselles d'Oriel. Aidez-moi, voulez-vous ?

Franck jeta un coup d'œil à Silence dans son rétroviseur. Elle avait beau essayer de garder la tête froide et de rester calme, il était facile, rien qu'à sa façon de fixer continuellement le visage de son frère, de voir combien elle se faisait du mauvais sang pour lui. Et même si Franck mourait d'envie de la rassurer, de lui dire que l'état d'Oriel n'avait rien de préoccupant, il savait d'instinct qu'elle ne se sentirait tranquillisée qu'une fois qu'Oriel aurait repris connaissance.

— Si… Silence ? gémit soudain Oriel en revenant à lui.

Cette dernière poussa un énorme soupir de soulagement en entendant sa voix.

— Tu es enfin réveillé ?

— Je… je suis où ? demanda-t-il en sentant qu'il était allongé sur quelque chose de dur, comme un matelas.

— Dans la voiture des Crochemort. Comment te sens-tu ? s'enquit-elle d'un ton anxieux.

Oriel se sentait un peu groggy, comme s'il venait de sortir d'une longue nuit de fièvre, mais il n'avait pas mal. Pas vraiment.

— Ça va, répondit-il en relevant la tête.

Silence se pencha aussitôt pour l'aider à s'asseoir, en soufflant :

— Quand j'ai vu que tu étais tombé dans les pommes, ça m'a fichu une sacrée trouille, tu sais ? Franchement, je ne sais pas ce qu'il se serait passé si M. Barnett ne nous avait pas trouvés en chemin et s'il ne t'avait pas porté jusqu'à la voiture.

Oriel parut fouiller dans sa mémoire et demanda d'un ton sceptique :

— J'ai perdu connaissance ?

— À ce qu'il semblerait, oui, confirma Silence en opinant du chef.

Oriel tâta machinalement son crâne du bout des doigts. Il ne se souvenait pas avoir heurté quelque chose ou être tombé. Pour tout dire, il ne se souvenait de rien du tout, à l'exception d'une voix rauque qui disait : « Dors, petit. »

— Pourquoi ? Comment ?

Silence haussa les épaules.

— Aucune idée. Je t'avoue que c'est assez flou pour moi aussi. Je pense que ça doit être à cause du choc…

— Tu ignores comment c'est arrivé ?

— Ben oui… J'ai beau chercher, je n'arrive pas à m'en souvenir, admit-elle.

Oriel fronça les sourcils. Qu'il ne se rappelle pas la façon dont il s'était évanoui était une chose, mais que Silence ne s'en souvienne pas non plus en était une autre.

— C'est impossible…

— Je sais, c'est bizarre.

Oriel haussa les sourcils. Ce n'était pas « bizarre », c'était terriblement inquiétant.

— Mais tu te rappelles ce qu'il s'est passé avant ? fit-il en la dévisageant.

— Qu'est-ce qu'il s'est passé avant ? demanda Silence d'un ton curieux.

Oriel lui jeta un regard incrédule.

— Tu te rappelles quand même avoir vu ces choses dans le brouillard, pas vrai ?

— Quelles choses ?

— Mais ces créatures ! Ne me dis pas que tu les as oubliées, elles aussi ?!

Oriel se renfrogna en voyant le regard empreint de compassion que Silence lui lançait. Elle le regardait comme s'il avait le cerveau embrouillé et qu'il n'avait pas encore recouvré complètement ses esprits.

— Monsieur, je crois qu'après une telle expérience, il est normal que vous n'ayez pas tout à fait les idées claires, remarqua soudain Franck.

Oriel lui lança un regard peu amène.

— C'est une façon polie de me dire que j'ai eu des hallucinations ? Ou de me traiter de dingue ?

— Oriel ! lança Silence. Ne parle pas à M. Barnett sur ce ton !

Mais Oriel n'en avait cure. Il était sûr de ce qu'il avait vu et ça lui suffisait pour savoir qu'il se produisait des choses anormales dans cette ville. Des choses effrayantes probablement connues de tous les habitants et dont nul ne voulait parler.

— Quoi ? Tu ne vois pas qu'il ment ? Qu'ils nous mentent tous ? murmura-t-il à l'oreille de Silence.

Franck poussa un soupir intérieur.

— Je suis navré si je vous ai contrarié, monsieur, mais…

— Je ne suis pas contrarié, je cherche juste à comprendre, rectifia sèchement Oriel.

Franck fixa Silence dans le rétroviseur puis répondit d'un ton étrange :

— Vous n'êtes pas le seul, monsieur. Ça non, vous n'êtes pas le seul…

Chapitre 18

D'habitude, le silence ne dérangeait pas Oriel, et il ne ressentait nullement le besoin de le meubler, mais celui qui avait envahi le hall du manoir à leur arrivée était tellement pesant qu'il en devenait presque insoutenable.

— Inconscients ! Vous êtes deux inconscients ! tonna finalement Reginald Crochemort après avoir foudroyé les jumeaux des yeux sans parler, pendant ce qu'il leur avait semblé être une éternité.

En guise de réponse, l'estomac d'Oriel se mit soudain à gargouiller, ce qui lui valut un regard assassin de sa grand-mère.

— Puisqu'ils ont jugé bon de n'en faire qu'à leur tête et d'arriver en retard pour le dîner, je pense qu'ils pourront parfaitement s'en passer, déclara-t-elle dédaigneusement avant de tourner le dos à Oriel et Silence et de monter le grand escalier.

Cette dernière la suivit des yeux un instant. Dans sa longue robe de soie écru, sa grand-mère avait l'air encore plus pâle et décharnée qu'un squelette. Elle tanguait à chaque marche, comme une marionnette à laquelle il manquerait un fil.

— Très bien, montez dans vos chambres et je vous interdis dorénavant de vous rendre où que ce soit sans mon autorisation, est-ce que je me fais bien comprendre ? gronda Reginald d'un ton autoritaire.

Oriel savait choisir ses batailles et il préféra taire patiemment le fond de sa pensée et ne pas rétorquer à son grand-père qu'il lui déniait le droit de le punir ou de lui dire ce qu'il était autorisé à faire ou non.

— En effet, monsieur Crochemort, répondit-il, c'est on ne peut plus limpide.

Silence poussa un soupir. À l'instar de son jumeau, elle n'avait pas l'intention de se plier aux ordres de son grand-père. Et si elle préférait ne pas répondre, ce n'était pas par peur de se faire réprimander, mais par indifférence. Elle ne voyait pas l'intérêt de perdre son temps en polémiques inutiles et de débattre avec ce vieil homme mal embouché. Elle était juste fatiguée et désirait en finir vite avec cette petite scène ridicule pour pouvoir aller se coucher.

— Silence ? l'interpella Reginald.

— Hum… ?

— Tu as entendu ?

L'adolescente esquissa un rictus.

— Je ne suis pas sourde.

M. Crochemort fronça les sourcils. Il n'appréciait décidément pas cette gamine, en particulier son insolence, et se demandait si sa femme n'avait pas raison de dire qu'elle exerçait une très mauvaise influence sur son frère et qu'il serait plus simple de s'en débarrasser.

— Tu devrais faire preuve de davantage de respect, jeune fille, ou tu risques de t'attirer de sérieux ennuis.

Et quand il parlait « d'ennuis », c'était un euphémisme. Reginald ne reculait devant rien quand il s'agissait de garder ses concitoyens dans le droit chemin et il n'hésitait pas à user de méthodes particulièrement brutales dès qu'il le jugeait nécessaire. Il ne s'en vantait pas, bien entendu, mais Whisper Town aurait depuis bien longtemps sombré dans la violence et l'anarchie s'il n'avait pas dirigé la ville d'une main de fer pendant toutes ces années. Et il ne regrettait ni les atrocités qu'il avait commises, ni sa réputation – ô combien justifiée – de croquemitaine. Au contraire : la situation aurait probablement été encore bien plus catastrophique qu'elle ne l'était actuellement s'il n'avait pas fait montre d'une telle sévérité.

— Allez, maintenant disparaissez, tous les deux, je ne veux plus vous voir, ajouta-t-il en fixant Silence de son regard glacial.

Après avoir garé la voiture sous un porche, Franck Barnett était entré par l'une des portes arrière réservées aux domestiques, puis avait longé le couloir menant jusqu'aux cuisines. Mme Glymes, la cuisinière, refusait en général de servir qui que ce soit en dehors des repas, mais elle n'avait pas mauvais fond et Franck espérait qu'elle aurait pitié de lui et qu'elle accepterait de lui dénicher un petit quelque chose à manger.

Pénétrant dans la cuisine où régnait une odeur d'estragon, de persil et de plat mijoté, Franck sentit son ventre se contracter.

— Bonsoir, madame Glymes, fit-il après avoir poliment ôté sa casquette.

— Monsieur Barnett ? Vous savez qu'on s'est inquiétés en ne vous voyant pas au dîner ? J'ai même dit à Mme Mills que ce n'était pas normal, non, pas normal du tout ! Et ensuite, on a appris pour la disparition des jumeaux et alors là, mon sang n'a fait qu'un tour ! s'exclama la cuisinière en reposant la tasse qu'elle s'apprêtait à porter à ses lèvres sur la grosse table en bois qui trônait au milieu de la pièce.

Le chauffeur acquiesça doucement.

— Je suis vraiment navré. J'ai dû partir à leur recherche et…

— N'en dites pas plus ! Ah, il vous en a fallu du courage pour vous aventurer dehors comme ça, en pleine nuit ! le coupa-t-elle avant de se lever de sa chaise, de tourner le bouton de la gazinière et d'ajouter : Vous avez de la chance, il reste du ragoût ! Je vais vous réchauffer ça vite fait, vous m'en direz des nouvelles !

Rassuré par son accueil chaleureux, Franck vint s'asseoir autour de la table sous le regard bienveillant de la cuisinière. Toute la vie de Mme Glymes se résumait à ces immenses plans de travail en inox, à ces casseroles et à ces fourneaux. À presque soixante ans, elle avait l'impression de ne jamais rien avoir connu d'autre. C'était une sensation illusoire, bien entendu, parce qu'elle était arrivée ici à seize ans révolus et qu'il devait forcément lui rester, bien cachés dans un coin de sa tête, quelques souvenirs de son enfance, mais c'était ce qu'elle ressentait et elle n'en semblait pas vraiment affectée. Elle se disait seulement qu'il y avait des existences bien plus tristes et semées d'embûches que la sienne, et que l'absence de malheurs était synonyme de bonheur.

— Tenez ! fit-elle en posant une assiette remplie à ras bord sur la table. Alors, racontez-moi tout et n'omettez aucun détail.

Franck hocha doucement la tête et lui narra tout ce qu'il s'était passé depuis le moment où il s'était rendu à l'institut.

— C'est impossible, remarqua d'un ton consterné la cuisinière à la fin de son récit.

— J'aurais probablement dit la même chose si je ne l'avais pas vu de mes propres yeux, madame Glymes, soupira Franck avant d'avaler une bouchée.

Elle le fixa sans un mot, puis demanda soudain après quelques secondes de silence :

— Vous dites que la brume les a épargnés ?

— C'est l'impression que j'ai eue, en tout cas.

— Si c'est vrai, alors c'est que le garçon a hérité du don de son ancêtre, Archibald Crochemort, fit-elle d'un ton grave.

— Ou la fille, suggéra Franck.

Mme Glymes leva les yeux au ciel.

— Ne dites pas de bêtises !

Franck haussa les épaules. Aucune fille Crochemort, mis à part Silence, n'avait survécu plus de six ans, six mois et six jours, il était donc difficile de prédire de quoi elles étaient capables. Mais il se retint de le faire remarquer à la cuisinière par peur de sa réaction. Après tout, Mme Glymes était une vraie croyante et il ne voulait surtout pas la choquer en proférant ce que la plupart des habitants de Whisper Town auraient sûrement considéré comme un blasphème.

— Madame Glymes, ce ragoût était divin ! se contenta-t-il de dire une fois son assiette vide.

— Flatteur ! gloussa cette dernière en rougissant légèrement.

— Je ne fais que dire la vérité ! Tout le monde sait que vous êtes le meilleur cordon bleu de la ville ! répondit Franck d'un ton sincère.

La cuisinière rougit de plus belle, puis débarrassa la table en disant :

— Vous feriez mieux d'aller vous coucher au lieu de raconter des sottises monsieur Barnett. Vous devez être fatigué avec tout ça, et vous avez besoin de repos ! Sans compter que monsieur et madame sont d'une humeur exécrable et je crains qu'ils ne le restent pendant un bout de temps ! Y a pas à dire, la venue de ces deux gamins est un vrai chamboulement, oui, un vrai chamboulement pour nous tous !

Franck opina du chef.

— Vous avez raison, madame Glymes, et « Lui » seul sait comment tout ça va bien pouvoir finir !

— Comme vous dites, monsieur Barnett, Lui seul peut décider, Lui seul nous montrera la voie, comme toujours, approuva-t-elle en passant un coup d'éponge sur la table.

Chapitre 19

Il n'était pas tout à fait sept heures quand le camion-benne blanc qui s'occupait du ramassage des poubelles s'engouffra dans la ruelle avant de piler brusquement. Approchant sa tête du pare-brise, Steven Wright, le chauffeur, lança un regard noir à la voiture de police qui lui bloquait le passage, puis changea soudainement d'expression en remarquant que la portière avant était ouverte et qu'il n'y avait pas trace du conducteur aux alentours.

— Nous voilà bien, soupira-t-il.

— Eh Steven, il se passe quoi, là ? Pourquoi tu t'es arrêté ? hurla Zack, l'un des ripeurs, perché sur le marchepied à l'arrière du camion-benne.

Steven, qui avait laissé sa vitre baissée, répondit aussitôt :

— Je ne peux pas avancer, il y a une voiture garée en plein milieu !

Zack et son collègue, Ollie, intrigués, descendirent du marchepied pour aller jeter un coup d'œil dans la ruelle et avancèrent jusqu'au véhicule qui leur bloquait le passage. Une odeur indéfinissable flottait dans l'air, une senteur étrange et écœurante.

— Qu'est-ce qu'elle fait ici, celle-là ? s'étonna Zack en fronçant les sourcils.

— C'est bizarre cette portière ouverte, tu crois que le flic a vu un truc et qu'il s'est arrêté pour poursuivre quelqu'un ou…

— … Je ne crois pas, non, le coupa Zack en blêmissant. Regarde, par terre.

Ollie fixa aussitôt les pavés près de la portière ouverte avant de pâlir à son tour.

— Merde ! Il y a du sang partout.

— Encore un qui s'est fait avoir, grimaça Zack.

— On dirait bien, oui, répondit son collègue d'un ton grave.

Aucun des deux ripeurs ne se faisait d'illusions sur ce qu'il avait dû arriver au conducteur. Du reste, ils ne se faisaient plus d'illusions sur rien dans cette ville.

— C'est le brouillard. Qu'est-ce qu'on fait ? demanda Zack en s'approchant de la portière de Steven.

— Qu'est-ce que tu veux qu'on fasse ? On prévient les flics et on modifie légèrement le trajet de la tournée, répondit sombrement le chauffeur.

— Eh ! Venez voir ! Il y a aussi pas mal de traces de sang de ce côté ! s'écria soudain Ollie, qui avait avancé jusqu'au milieu de la ruelle.

— Ça veut dire qu'il y a peut-être plus d'une victime, remarqua Zack en regardant Steven.

Ce dernier poussa un soupir intérieur. Il en avait marre de signaler des crimes et de passer son temps à signer de stupides dépositions. Et si encore ça servait à quelque chose, mais remplir toute cette paperasse n'avait pas le moindre sens. Pas dans un cas comme celui-ci. Steven comprenait que la police avait besoin de procéder à quelques vérifications et d'obtenir le plus d'informations possible avant d'avertir les familles du décès d'un de leurs proches, mais qu'est-ce que ça changeait au final ? Rien. Ça ne changeait rien parce que tout le monde connaissait déjà les responsables et savait qu'aucune véritable enquête ne serait menée, et que les flics allaient simplement finir de remplir leur fichu dossier avant de le ranger dans un coin.

— J'en sais rien, et de toute façon, c'est pas nos affaires, grommela-t-il.

— Pas la peine de t'énerver, je disais juste ça comme ça, grimaça Zack.

Steven haussa les épaules. Il n'était pas question de faire comme si de rien n'était, ni de détourner les yeux comme un lâche, mais il voulait en finir au plus vite.

— Ouais, ben on avertit les autorités fissa et on reprend le boulot, décréta-t-il avant de redémarrer le moteur, de vérifier que ses collègues se trouvaient toujours dans son champ de vision, et de faire marche arrière.

Silence ouvrit les yeux et jeta un regard furtif en direction d'Oriel. Son frère dormait encore profondément et ne semblait pas avoir entendu la sonnerie du réveil. Sortant de son lit, elle hurla d'une voix tonitruante dans son oreille qu'il était l'heure de se lever, puis se dirigea vers la salle de bain.

Elle s'était sentie trop fatiguée pour y réfléchir la veille et s'était écroulée sur son lit dès qu'elle était entrée dans la chambre, mais maintenant qu'elle avait l'esprit plus clair, elle devait bien admettre qu'il se produisait des tas de choses étranges depuis leur arrivée. Des choses que son esprit cartésien avait beaucoup de mal à appréhender, mais qui s'avéraient pourtant parfaitement réelles, comme le cadavre qu'elle avait vu dans la ruelle et dont tous semblaient se moquer, le comportement hostile de ses grands-parents, des élèves de l'école et des habitants à son égard, et ses récentes et curieuses pertes de mémoire… Oui, tout ça commençait vraiment à faire beaucoup…

— *N'hésite pas à faire appel à moi si tu as besoin d'un coup de main… Je sais me rendre utile à l'occasion…* fit soudain la voix sans sa tête.

— *Si tu veux te rendre utile, disparais !*

— *Au moment où les choses commencent enfin à devenir intéressantes ? Certainement pas,* ricana la voix.

Silence s'apprêtait à lui dire d'aller au diable lorsqu'elle entendit soudain Oriel frapper à la porte.

— Silence, tu as fini ? Je dois prendre ma douche, moi aussi !

Poussant un soupir, la jeune fille ferma le robinet, essuya les traces de dentifrice aux coins de ses lèvres, puis répondit à travers la porte :

— Une minute ! Je n'en ai que pour une minute !

Puis elle ferma les yeux et tenta de se concentrer en se rappelant tout ce à quoi elle avait survécu, tout ce que ces épreuves lui avaient enseigné et surtout, surtout, elle se remémorait sans cesse les paroles que lui murmurait sa mère, quand elle n'était alors qu'une petite fille, à chaque fois qu'elle venait la border : « Quand tout te paraît obscur et que les ténèbres t'entourent, avance pas à pas droit devant toi, et tu retrouveras toujours le chemin de la lumière. »

Silence était alors trop jeune pour en comprendre le sens, et quand elle avait été suffisamment grande, elle avait dit à sa mère d'arrêter de lui raconter n'importe quoi, mais la jeune fille se demandait à présent si elle savait. Si sa mère savait ce qu'il risquait d'arriver une fois qu'elle ne serait plus là pour veiller sur ses enfants, si elle savait qu'ils finiraient par aller vivre à Whisper Town. C'était probablement un peu étrange, voire complètement fou d'imaginer une chose pareille, bien sûr, mais ce n'était pas plus dingue que de croire aux visions d'Oriel, à des monstres cachés dans le brouillard ou à l'existence d'une ville dont les habitants se font tuer dans l'indifférence générale.

— Silence ! Si tu ne sors pas de cette salle de bain, on va finir par être en retard ! aboya Oriel une nouvelle fois.

Les lèvres de Silence se tordirent en une grimace sarcastique. En retard ? En retard pour faire quoi ? Apprendre comment les Mayas ou les Incas s'y prenaient pour arracher les cœurs avant d'en faire offrande à leurs dieux ? Sérieusement ? Les professeurs de cette école étaient des illuminés et leurs élèves ne valaient pas mieux !

— Ça va, ça va, grommela-t-elle en poussant le verrou.

— Qu'est-ce qu'il t'arrive ? Tu ne te sens pas bien ? demanda Oriel sur le pas de la porte.

— Non, je ne me sens pas bien, et toi ?

Oriel la dévisagea. Il connaissait ce regard et surtout cette expression.

— Tu as réfléchi à quelque chose. Vas-y, dis-moi ce que tu as en tête…

— À toi de me le dire : c'est toi le devin.

Il fronça les sourcils d'un air inquiet.

— Silence…

Elle se força à sourire.

— Plus tard. Pour l’instant, va te préparer.

Chapitre 20

Reginald Crochemort était en train de prendre son petit déjeuner lorsqu'il entendit soudain la porte s'ouvrir et Praxton, son majordome, annoncer depuis le seuil :

— M. le maire demande à vous voir, monsieur. Il dit que c'est pour une affaire urgente.

Reginald secoua la tête. Ce brave Mortimer ne changeait pas. Tout était toujours d'une urgence absolue avec lui et il était incapable de prendre une décision seul ou de faire preuve de la moindre initiative, ce qui, pour être honnête, plaidait plutôt en sa faveur. Reginald aimait avoir un contrôle total sur ce qu'il se passait à Whisper Town et, à sa grande satisfaction, Mortimer Blake, le maire de la ville, ne se rendait pas aux toilettes sans lui en demander la permission.

— Faites-le entrer, ordonna Reginald d'une voix grave.

Quelques instants plus tard, le maire, un homme maigre au costume noir, aux yeux cernés et au front dégarni, pénétrait dans la salle à manger. Sa cravate nouée à la perfection sur son col de chemise amidonné, il semblait aussi raide et sinistre qu'un croque-mort présentant ses condoléances aux membres d'une famille endeuillée.

— Mon cher Mortimer, venez donc vous joindre à moi, l'encouragea Reginald en désignant une chaise près de lui. Désirez-vous une tasse de café ou autre chose ?

— Non, non, je vous remercie, mon cher Reginald, j'ai déjà pris mon petit déjeuner sur le pouce. Les affaires de la ville me prennent tellement de temps… mais vous savez ce que c'est, n'est-ce pas ?

— En effet, Mortimer, en effet. Alors, parlez-moi donc de l'objet de votre visite. De quelle affaire pressante s'agit-il ?

— Il s'agit du chef de police Grady. Ses collègues disent qu'il s'est lancé à la recherche des jumeaux hier soir et qu'ils ne l'ont pas vu revenir de la nuit. Les éboueurs ont trouvé sa voiture ce matin. Les indices recueillis sur place nous laissent penser qu'il a péri dans le brouillard.

Réginald ne put s'empêcher de lever les yeux au ciel. Il ne s'agissait en effet pas, comme il l'avait supposé, d'une affaire d'importance mais d'un incident mineur.

— C'est ennuyeux, bien sûr, mais je pense que nous n'aurons aucun mal à le remplacer.

— Eh bien, c'était un homme sérieux, objecta le maire, et qui nous était tout dévoué et…

— … et quoi ? Comme je vous l'ai dit, il ne sera pas très difficile de lui trouver un successeur. Que diriez-vous de Kevin Macflyn ? suggéra Reginald. C'est un garçon prometteur qui possède le talent inestimable d'obéir sans jamais poser de question.

Le maire haussa un sourcil.

— Vous pensez qu'il fera l'affaire ?

Reginald laissa échapper un petit rire amusé.

— Les gens complaisants font toujours l'affaire, Mortimer, toujours.

Ce dernier se força à sourire.

— Si vous le dites…

— Parfait. Alors c'est entendu. Comme toujours, vous avez su prendre une décision rapide et avisée, mon cher. Voilà qui confirme une fois de plus à quel point vous prenez les intérêts de notre communauté à cœur, et chacun de nous ne peut que vous en être reconnaissant, croyez-moi.

— C'est vous qui m'inspirez, mon cher Reginald, vous qui m'inspirez. C'est simple, à chaque fois que j'arrive chez vous avec un problème, j'en ressors avec une solution, répondit malicieusement le maire.

— C'est à ça que servent les bons amis, n'est-ce pas ? releva Reginald avec un sourire qui n'atteignit pas ses yeux.

— Évidemment ! À ce propos, que comptez-vous faire pour les fêtes de Mabon, le mois prochain ?

Reginald lui jeta aussitôt un regard soupçonneux. Le maire était dévot, certes, mais il n'osait généralement pas poser de question concernant les célébrations et se contentait simplement de participer aux offices comme n'importe quel autre habitant de la ville.

— Eh bien, j'imagine que notre congrégation se réunira dans la salle étoilée, comme d'habitude, et que nous Lui rappellerons encore une fois que nous sommes ses humbles disciples.

— Certes, certes, mais… maintenant que les jumeaux sont revenus… les habitants sont désormais presque tous au courant, vous voyez ? Et ils se demandent si vous avez prévu quelque chose en particulier… quelque chose qui pourrait Lui plaire…

— Cessez donc de tourner autour du pot, appelez un chat un chat et demandez-moi directement si je compte procéder à une cérémonie de sang, Mortimer, le reprit Reginald d'une voix glaciale.

Le maire déglutit.

— C'est… oui, c'est la question que tous se posent.

Le visage de Reginald Crochemort se vida soudain de toute expression.

— Pensez-vous vraiment que ce soit aussi simple ?

Le maire Blake se racla la gorge, puis se trémoussa sur sa chaise d'un air embarrassé.

— Eh bien… la jeune fille est de retour…

Reginald pesta intérieurement. La plupart des ragots qui circulaient sur les gens naissaient d'un profond sentiment d'ennui. C'était juste un moyen, pour ceux qui les colportaient, de se distraire et d'échapper à leur quotidien. Mais pas cette fois. Non, cette fois, tous les habitants de Whisper Town avaient des raisons légitimes de s'intéresser à Silence.

— Silence n'a plus six ans, six mois et six jours, comme l'exige le rituel, mais quinze ans !

— C'est vrai, mais il reste peut-être une chance, objecta le maire Blake. Et certains habitants pensent que si nous n'essayons pas d'arranger les choses, alors les morts continueront à s'accumuler.

— Et vous pensez que je devrais céder à leurs caprices ?

— Il ne s'agit pas d'un caprice, Reginald, mais d'un besoin. Celui de survivre à la tempête qui se déchaîne sur notre ville depuis plus de neuf ans. Tous leurs agissements, toutes leurs pensées se limitent seulement à ça, actuellement.

Ce dernier sentit la colère l'envahir.

— Qu'est-ce que ces idiots s'imaginent ? Qu'on peut négocier avec Lui comme avec un marchand de tapis ? Qu'il suffit de faire pénitence pour qu'Il nous pardonne ?

— Non, non, bien sûr que non, mais voyez-vous, je ne parle pas ici de quelques grincheux, c'est toute la ville qui grogne… Enfin, vous savez tout aussi bien que moi ce qu'il peut arriver quand les gens sont poussés au désespoir… Ils ne réfléchissent pas : ils agissent.

Le visage de Reginald Crochemort se durcit dangereusement.

— Le pacte a été rompu… nous méritons ce châtiment.

— Oui, personne ne le conteste, mais… rien ne nous empêche d'essayer d'apaiser son courroux, n'est-ce pas ?

— Taisez-vous !!! aboya-t-il en abattant violemment son poing sur son bureau. Y en a-t-il un seul parmi vous qui puisse Le voir ? Qui puisse Lui parler ? Ou qu'Il n'écraserait pas sous son pied comme un vulgaire insecte ?

— No… non…

— Alors je ne vous autorise pas, je n'autorise aucun de vous à me dire ce que je dois faire ou comment je dois m'y prendre pour Lui plaire ou L'honorer !! gronda si fort Reginald que le maire Blake eut soudain l'impression que les murs autour d'eux s'étaient mis à trembler.

— Je… je comprends. Je vais leur parler, tenter de calmer un peu les esprits et…

— Ne tentez rien ! Faites-le ! Faites-le, Mortimer, ou vous risquez de le payer très cher, le coupa Reginald d'un ton lourd de menace.

Si le maire Blake avait appris quelque chose pendant toutes ces années, c'était que Reginald Crochemort ne bluffait pas quand il promettait une punition, et que celle-ci s'avérait souvent si douloureuse que ceux qui la subissaient finissaient généralement par appeler la mort de leurs vœux.

— Oui, Reginald, bien entendu, répondit-il d'une voix tremblante avant de se lever de son fauteuil, de lisser les plis de son pantalon comme s'il cherchait à se donner une contenance, puis de se diriger vers la porte en priant pour que ses jambes ne se dérobent pas sous lui avant d'avoir franchi le seuil.

Après avoir terminé son petit déjeuner, Reginald se rendit dans son bureau en traitant mentalement le maire Blake d'idiot. Si ce dernier échouait à calmer les esprits agités des habitants de la ville, alors il ne mériterait plus son fauteuil de maire et Reginald devrait commencer à chercher un autre pantin pour le remplacer. Or il n'avait pas de temps à consacrer à ces fariboles. Il avait bien plus important à faire, comme effectuer d'autres recherches pour trouver de nouvelles invocations, des invocations plus puissantes pour Le supplier de ne pas les abandonner et Lui demander pardon de ne pas avoir pu honorer le pacte qui avait été scellé.

S'enfonçant dans son fauteuil, il jeta un bref coup d'œil à la longue chasuble noire qu'il enfilait à chaque fois qu'il officiait devant sa congrégation et soupira. Il n'était pas homme à nourrir des regrets, mais il y en avait pourtant un qui l'avait empêché de dormir durant toutes ces années. Un qui le torturait continuellement : celui de ne pas avoir mieux surveillé les agissements de son fils et de la femme que ce crétin avait eu la stupidité d'engrosser.

— Reginald ?

Tournant la tête vers la porte, M. Crochemort fronça les sourcils d'un air mécontent.

— Que désirez-vous, Mary-Elizabeth ? Vous ne voyez pas que je suis occupé ?

— Il paraît que le maire est venu vous rendre visite ? fit-elle en avançant jusqu'au milieu de la pièce.

— En effet.

— Que voulait-il ? S'agissait-il de Silence ? Parce que si c'est le cas, je vous conjure de ne pas vous entêter. Donnez-leur ce qu'ils veulent et ne faites pas d'histoires.

Reginald lui jeta un regard dédaigneux. Elle lui avait dit de « ne pas faire d'histoires », comme elle aurait pu dire « ne salis pas tes vêtements et ne te traîne pas dans la boue » ou « sois sage et ne te dispute pas avec tes petits camarades ». Ce qui prouvait, une nouvelle fois, que Mary-Elizabeth ne brillait pas par son sens de l'analyse. Parce que Reginald n'avait aucun problème, ni pour se rouler dans la fange, ni pour éliminer de manière sanglante et brutale tous ceux qui oseraient s'opposer à ses décisions.

— Seriez-vous en train de me dicter la manière dont je dois diriger ma congrégation, ma chère ?

Mary-Elizabeth Crochemort fronça les sourcils. Chaque culture possédait son histoire et c'était ce qu'Il était pour les hérétiques : une histoire, une simple histoire. Mais pas pour elle, non. Elle, elle était l'une de ses plus fidèles adeptes et il n'y avait rien qu'elle ne ferait pas pour Lui.

— Je sais que le sang des Crochemort ne coule pas dans mes veines, Reginald, argua-t-elle mais…

— … mais quoi ? Comme vous venez vous-même de le souligner, vous n'êtes pas une véritable Crochemort. Alors tenez-vous-en à ce que vous connaissez et disparaissez !

En temps habituel, Mary-Elizabeth se serait offusquée de l'attitude de son époux, mais elle sentait que celui-ci n'était pas dans son état normal et qu'il était « rongé » par quelque chose. Et ce, depuis un bout de temps.

— Reginald, si quoi que ce soit vous tracasse, pourquoi ne pas m'en parler ? Je pourrais peut-être vous aider.

Reginald lui lança un regard agacé. De quoi voulait-elle parler ? Du fait qu'il s'était écoulé des années depuis la dernière fois où Reginald était parvenu à L'invoquer ? De l'angoisse qu'il ressentait à l'idée que la cérémonie de sang puisse échouer et qu'Il ne vienne pas réclamer son dû après tout ce temps ? Non. Certainement pas.

— Je n'ai aucune envie de discuter de ça pour le moment. Maintenant, j'aimerais que vous me laissiez travailler tranquillement, répondit-il en plongeant son regard perçant dans celui de sa femme.

Mary-Elizabeth soutint son regard, puis sentit une boule se former dans son estomac quand elle comprit que ce qu'elle prenait pour de l'anxiété ou du surmenage était en réalité de la peur.

— Reginald ? Qu'est-ce qui vous effraie à ce point ?

— Dehors !!! hurla-t-il.

Épouvantée par l'expression terrifiante qui s'affichait sur le visage de son mari, Mary-Elizabeth ne demanda pas son reste et quitta son bureau aussi vite que sa dignité le lui permettait.

Chapitre 21

Tous les élèves présents dans la salle de classe – soit une trentaine de personnes – s'arrêtèrent de parler dès qu'ils virent Silence entrer dans la pièce, et les regards se posèrent aussitôt sur elle. Cette dernière s'installa à une table libre et fit comme si elle n'avait rien remarqué, et elle suivit le professeur Mendley des yeux tandis qu'il montait sur l'estrade. Vêtu d'un pantalon de velours et d'un immense pull-over rouge dissimulant partiellement son ventre proéminent, il ne prit pas la peine d'ouvrir le cartable de cuir qu'il avait posé sur son bureau et démarra immédiatement son cours par une question :

— Quelqu'un peut-il me donner la définition du mot « sacrifice » ?

Un élève à la peau brune et aux grands yeux noirs leva la main.

— Oui, Malcolm ? fit le professeur Mendley.

— « Sacrifice » provient du latin *sacrificium*, de *sacer facere*. Il désigne une offrande, en particulier de la nourriture, des objets, des animaux, voire des vies humaines, à une ou plusieurs divinités.

— Exact, dit le professeur Mendley. D'après les études, il se pourrait que les sacrifices humains remontent au Paléolithique supérieur. Selon le conquistador Hernán Cortés, les Aztèques arrachaient le cœur de leurs prisonniers de guerre pour l'offrir au soleil…

Le professeur n'eut pas le temps de terminer sa phrase qu'une élève aux grands yeux noirs et au visage en cœur levait déjà le doigt.

— Oui, Clara ?

— Professeur, pensez-vous que si ces sacrifices avaient été offerts non à une étoile, mais à un être digne de leur dévotion, ce dernier les aurait protégés ? demanda-t-elle.

Le professeur ne prit même pas la peine d'y réfléchir.

— Eh bien, on peut le supposer, oui.

— Dans ce cas, n'aurait-il pas mieux valu qu'ils sacrifient leurs enfants, plutôt que leurs ennemis ? poursuivit-elle.

— Là, encore, vous avez raison. Faire don de la vie de ses ennemis n'est pas un véritable sacrifice. Il n'engendre ni perte, ni souffrance. Or une offrande doit coûter quelque chose à celui ou ceux qui veulent être entendus.

Silence grimaça de dégoût. Le professeur Mendley sous-entendait-il qu'assassiner des enfants innocents lors de rituels barbares aurait été plus approprié ?

Profondément choquée, elle reposa son stylo et regarda par la fenêtre. Le cours lui semblait long et les minutes qui défilaient lui parurent une éternité, et elle poussa un soupir de soulagement en entendant la sonnerie.

— Alors, comment ça se passe, là-haut ?

Silence, qui était en train de remonter la fermeture éclair de son sac à dos, leva un regard surpris vers Azriel, le seul élève qui ne l'avait pas traitée comme une pestiférée le jour de son arrivée à l'institut. Ses yeux gris-vert la fixaient avec attention et il avait un petit sourire sur les lèvres.

— « Là-haut » ?

— Au manoir.

— Eh bien, je dirais que l'ambiance y est aussi chaleureuse que celle qui règne dans cette classe, répondit-elle d'un ton sarcastique.

Azriel lui jeta un regard légèrement compatissant.

— Les Crochemort n'ont pas la réputation d'être des gens très sympathiques.

— Ah non ? Et moi qui pensais qu'ils avaient décroché le prix des meilleurs grands-parents de l'année, persifla-t-elle.

Il esquissa un sourire.

— T'es marrante.

— Ouais, je vis pour faire rire, répondit Silence en ignorant les regards noirs que lui lançaient les élèves qui quittaient la salle de cours.

— Comment tu fais ?

— Quoi ?

— Comment est-ce que tu fais pour rester indifférente à la façon dont tout le monde te traite ?

Silence avait parfaitement conscience que se mettre à dos la seule personne qui ne lui soit pas complètement hostile n'était peut-être pas une bonne idée, mais le tact n'était pas son fort.

— Facile, je me répète sans cesse que vous êtes tous cinglés, expliqua-t-elle.

Azriel sourit intérieurement. Cinglés, non. Mais aveuglés par des siècles d'endoctrinement et de croyances, sans aucun doute. Et si la plupart des habitants de Whisper Town haïssaient Silence Crochemort et la tenaient pour responsable de tout le mal qui était arrivé et de celui qui restait encore à venir, Azriel, lui, la voyait comme un simple bouc émissaire. Un leurre destiné à distraire l'attention des gens. Une chimère ayant pour but de les empêcher de réfléchir et de se retourner contre le véritable responsable de tout ce chaos.

— Pourquoi « cinglés » ?

— Ben… il ne faut pas être très net pour détester quelqu'un sans raison, remarqua Silence.

Azriel la dévisagea, puis demanda soudain d'un ton suspicieux :

— Tu me fais marcher ?

— Quoi ?

— Ils ne t'ont rien dit ?

— À quel propos ?

Azriel fronça les sourcils.

— Mais au sujet de la malédiction qui frappe la ville.

À son grand étonnement, Silence laissa échapper un petit rire.

— Une malédiction ? Très drôle. C'est quoi l'histoire ? Vous avez trouvé le tombeau d'un pharaon ou d'une momie quelconque et maintenant vous êtes pourchassés par des types couverts de bandages ?

Azriel écarquilla les yeux en l'entendant plaisanter. Se pouvait-il vraiment qu'elle ne sache rien ? Ni du pacte, ni de l'histoire de Whisper Town ?

— Que sais-tu sur ta famille ?

Silence haussa les épaules.

— Pas grand-chose. Mais bon, en même temps, j'ignorais que j'avais des grands-parents il y a encore quelques jours, donc…

Azriel l'observa attentivement. Alors comme ça, Reginald Crochemort souhaitait laisser sa petite-fille dans l'ignorance ? Il comprenait que c'était sans doute la décision la moins cruelle et la moins susceptible de la perturber mais mentir, même par omission, était contraire à tous les prêches du grand prédicateur.

— Azriel ?

Ce dernier tourna lentement la tête vers Nathan Clifford, le garçon blond qui venait de l'interpeller.

Des sourcils broussailleux surmontaient ses yeux sombres et il avait l'air furieux.

— On peut savoir ce que tu fiches avec cette fille ? poursuivit-il.

— Comme tu peux le voir, on discute, répondit Azriel.

Nathan fusilla Silence du regard, puis essaya de tirer son camarade par le bras en disant d'un ton insistant :

— Allez, viens, on va être en retard au prochain cours.

— Lâche-moi, Nathan.

Ce dernier secoua la tête.

— Non. Pas question que je te laisse avec cette… abomination.

— J'ai déjà été insultée, mais c'est la première fois qu'on me traite d'abomination. Azriel, on dirait que ton copain ne m'aime pas beaucoup, remarqua Silence d'un ton moqueur.

— Tu te fous de moi, en plus ?! hurla Nathan.

— Ben… il faut reconnaître que tu me rends la tâche facile, répliqua Silence.

Azriel leva les yeux au ciel.

— Nathan, tu ne voudrais pas décompresser un peu ?

— Et puis quoi encore ? Regarde-la ! Elle n'a même pas honte ! répliqua ce dernier en poussant violemment Silence contre le mur.

— Nathan ! Non ! gronda Azriel en s'interposant.

Azriel était grand pour son âge – un mètre quatre-vingts environ – et plutôt large d'épaules, mais Nathan était du même gabarit, si bien qu'aucun des deux ne semblait vraiment dominer l'autre.

— Quoi ? Ne me dis pas que tu la protèges ? s'indigna ce dernier.

— C'est toi que je protège, idiot. Tu imagines ce qu'il risque de t'arriver si Mme Hinkley l'apprend ? aboya Azriel.

Nathan fronça les sourcils. Azriel et lui étaient des amis de longue date et il n'avait aucune envie de se battre avec lui. Mais le désir de s'en prendre à cette fille, ou plutôt à ce monstre, était si fort qu'il parvenait à peine à se contrôler.

— Je m'en moque !

Esquivant son poing, Azriel se jeta sur lui et l'immobilisa contre le mur avec une clé de bras en criant :

— Nathan, ne fais pas l'imbécile !

— Lâche-moi, Azriel ! Lâche-moi !

— Pas avant que tu ne te sois calmé, répondit ce dernier.

Silence, qui assistait à la scène, se demanda pour la énième fois ce qui n'allait pas chez Nathan et tous les autres.

— Je… je crois qu'il vaudrait mieux que je m'en aille.

— Oui ! Fais vite ! répondit Azriel en la regardant franchir précipitamment le seuil de la salle de classe.

— Tu ne peux pas être de son côté ! Pas toi ! s'écria Nathan d'un ton incrédule.

— Je ne suis du côté de personne ! Merde, Nathan, c'est une Crochemort ! Une Crochemort ! Tu sais ce que ça signifie, non ?

La salle du réfectoire de l'institut était pleine et les tables toutes occupées, à l'exception de celle où était assis Oriel. Lui se tenait seul devant son plateau-repas et attendait impatiemment sa sœur.

— Ah enfin ! Vous êtes sortis en retard ? demanda-t-il tandis que Silence s'asseyait face à lui tout en jetant un œil furtif autour d'elle.

— Ce n'est pas une école, c'est un asile de fous, soupira-t-elle tristement.

Oriel la dévisagea puis, sentant qu'elle était perturbée, demanda :

— Il s'est passé quelque chose ?

— Un garçon de ma classe a essayé de me frapper.

Oriel blêmit brusquement.

— Il faut avertir la directrice. Ce genre de comportement ne…

— Non ! Ce qu'il faut, c'est faire profil bas et ne pas attirer l'attention sur nous avant qu'on s'en aille, le coupa aussitôt Silence.

Mais Oriel était trop en colère pour l'écouter.

— Qui est-ce ? gronda-t-il en laissant son regard errer dans le réfectoire.

— Il n'est pas là, donc je pense qu'il a dû rentrer chez lui.

— Comment s'appelle-t-il ? Je te jure qu'il va le payer, grommela-t-il.

Silence soupira. Oriel n'était pas d'un naturel bagarreur, mais il n'avait ni peur de prendre des coups, ni peur d'en donner.

— Oriel, si tu te bats avec lui, les Crochemort vont te punir, tu risques d'être consigné par la directrice, et tout le monde va t'avoir à l'œil, ce qui ne nous arrangera absolument pas.

Inspirant profondément, il approcha son visage de celui de sa sœur et l'examina attentivement.

— Il ne t'a pas fait mal ?

— Non, grâce à Azriel, il ne m'a même pas touchée, le rassura aussitôt Silence.

— Azriel ? Qui est Azriel ?

— Un garçon de ma classe. À vrai dire, c'est le seul qui daigne m'adresser la parole.

Oriel esquissa un sourire.

— Alors c'est qu'il n'est pas complètement idiot.

Silence pinça les lèvres et répondit d'une voix hésitante :

— Probablement pas, mais… je ne suis pas sûre de pouvoir lui faire confiance.

Oriel haussa les épaules.

— C'est normal, tu viens à peine de le rencontrer. Et puisqu'on ne va pas rester, quelle importance ?

— Je n'en sais rien. Je crois qu'il m'intrigue.

— Tu crois qu'il t'intrigue ?

Comme Silence ne répondait pas et gardait une expression pensive, Oriel fronça les sourcils et lui lança d'un ton de plaisanterie :

— Oh oh… Il te plaît, c'est ça ?

— Non, non, pas du tout ! s'insurgea-t-elle, gênée.

— Menteuse.

— Tu crois vraiment que j'ai la tête à ça ?

— Non, mais je te connais par cœur et c'est la première fois que je te vois t'intéresser à un garçon.

— Je ne suis pas « intéressée », je me demande juste ce qu'il me veut.

— Bah, tu ne t'en rends peut-être pas compte, mais tu es très belle. Du moins, c'est ce que disaient mes anciens équipiers.

— Je croyais que tes copains ne m'aimaient pas ? s'étonna-t-elle.

Oriel secoua la tête en songeant à toutes les fois où il avait dû recadrer ses amis, toutes les fois où il avait dû veiller au grain et empêcher ces lourdauds de faire des commentaires inappropriés sur Silence dans les vestiaires, toutes les fois où il avait menacé de casser la figure au premier qui essaierait de la draguer et d'ajouter le nom de sa sœur à sa liste de trophées.

— Oh, ils détestaient ton sale caractère et la façon que tu avais de les envoyer promener dès qu'ils osaient t'adresser la parole, mais ils n'étaient pas aveugles, répondit-il avec un petit rire.

Silence lui jeta un regard suspicieux.

— Je ne crois pas que l'un d'eux ait jamais tenté de m'inviter à sortir ou…

Le rire d'Oriel redoubla d'intensité.

— Ah ça non, aucun risque !

Chapitre 22

Après avoir pris une douche et s'être changés, les jumeaux s'étaient rendus comme chaque soir dans la salle à manger pour le dîner. M. Crochemort portait exactement le même style de costume que la veille avec quelque chose de moins sinistre néanmoins dans son expression. Il régnait un calme parfait dans la pièce, et la lumière de la pleine lune tombait en oblique à travers la fenêtre.

— Vous pouvez servir, Praxton, ordonna Reginald une fois que Silence et Oriel se furent attablés.

Le majordome acquiesça aussitôt d'un léger signe de tête.

— Nous… nous n'attendons pas Mme Crochemort ? s'étonna Oriel.

— Non, mon garçon. Votre grand-mère a la migraine. Elle souhaite dîner dans sa chambre.

— Je vois. J'espère qu'elle va se rétablir rapidement, répondit poliment Oriel.

Reginald haussa les sourcils comme si ce dernier venait, sans le savoir, de dire une incongruité, puis sourit d'un air légèrement amusé.

— C'est peu probable. Ses migraines ont tendance à s'éterniser, en particulier lorsqu'elle est contrariée. Mais c'est aimable à toi de t'en inquiéter.

Cela faisait déjà un bon nombre d'années que Reginald Crochemort ignorait les bouderies de sa femme et ses nombreux caprices. Et il lui arrivait souvent de regretter de l'avoir épousée. Non à cause de ses sautes d'humeur incessantes, de sa froideur ou du fait qu'elle était d'un ennui mortel, mais parce qu'il estimait qu'elle n'avait pas élevé leur enfant, leur fils unique, comme elle aurait dû le faire – comme une épouse digne de ce nom, digne des Crochemort aurait dû le faire ! Et Reginald lui en voulait terriblement.

— Monsieur Crochemort, puis-je vous poser une question ? s'enquit Silence, que la santé de sa grand-mère n'intéressait pas le moins du monde.

Une lueur de méfiance traversa le regard de Reginald.

— Si elle est pertinente…

— Oh, elle l'est ! Elle concerne l'histoire de notre famille, répondit Silence.

Cette histoire de malédiction et toutes les allusions qu'Azriel avait faites au sujet des Crochemort occupaient l'esprit de Silence depuis son retour de l'institut et elle ressentait un besoin impérieux de trouver des réponses.

Reginald arqua dédaigneusement un sourcil.

— Oui, eh bien ?

— Il paraît que l'un de nos ancêtres avait fondé Whisper Town et j'aimerais en apprendre davantage sur lui, dit Silence.

Reginald essuya le coin de sa bouche avec sa serviette, puis la reposa sur la nappe en disant :

— Soit, j'imagine que je suis parfaitement à même de satisfaire ta curiosité. Que veux-tu savoir, exactement ?

— Tout. Je souhaiterais tout savoir sur la façon dont ça a commencé, répondit Silence.

Reginald n'avait aucune raison de refuser. On pouvait même dire qu'il était secrètement flatté de voir les jumeaux s'intéresser à l'histoire de la ville et de ses ancêtres. Et il estimait que c'était une bonne occasion pour Oriel d'en apprendre un peu plus sur son héritage.

— Eh bien, comme vous le savez déjà, Whisper Town compte environ 50 000 âmes. La ville a été fondée en 1692 par le pasteur Archibald Crochemort et ses fidèles qui avaient fui une épidémie de peste dans le sud du pays.

— La peste ? releva Oriel en faisant les yeux ronds.

Reginald opina gravement avant de poursuivre son récit :

— Malheureusement, dès leur arrivée ici, plusieurs cas se sont déclarés. Les villageois qui vivaient aux alentours ont eu tellement peur de voir la maladie se propager dans toute la région qu'ils ont encerclé le campement où Archibald et sa congrégation s'étaient installés et ont menacé de tuer tous ceux qui essayaient de fuir.

— La peste faisait des ravages à l'époque, donc on ne peut pas vraiment les en blâmer, remarqua Silence. J'imagine qu'Archibald Crochemort n'y a pas succombé, autrement nous ne serions pas là aujourd'hui.

— Lui et beaucoup d'autres ont en effet survécu, confirma Reginald d'un hochement de tête.

— « Beaucoup » ? s'étonna Silence. Le taux de mortalité après avoir contracté cette maladie était pourtant plutôt élevé, à cette époque, non ?

— C'est vrai, Archibald et sa congrégation ont fait le nécessaire pour survivre.

— Le nécessaire ? fit Silence en haussant les sourcils.

— Le nécessaire, oui, répondit évasivement Reginald. Ils ont bâti cette ville. Ce qui a bien entendu rendu les villageois alentours jaloux. Tellement jaloux que leur peur d'attraper la peste s'est rapidement transformée en une sorte de terreur superstitieuse. Ils ont commencé à se dire qu'il devait y avoir quelque diablerie là-dessous et à parler de Whisper Town comme de « la ville du malin ».

Silence et Oriel échangèrent un regard. Pour le peu qu'ils en avaient vu, « la ville du malin » n'était pas si éloigné de la vérité.

— Ça se passait à peu près à la même époque que l'affaire des sorcières de Salem, non ? demanda Silence. Comment ont-ils fait pour ne pas s'attirer d'ennuis ?

— C'est simple : ils ont refusé de commercer avec qui que ce soit, de laisser des étrangers entrer dans leur ville ou sur les terres qu'ils avaient commencé à cultiver, et ont fait courir le bruit que Whisper Town était constamment dévastée par de sombres et terribles maladies. Et ils ont donc vécu en parfaite autarcie.

— Un peu comme une secte ? demanda Oriel.

— Plutôt comme une communauté, rectifia soudain froidement Reginald. Une communauté qui s'efforce de conserver ses traditions et donc, son autonomie. La ville s'autosuffit en matière de nourriture, de commerce, de travail… Nous avons une centrale électrique et un petit barrage produisant suffisamment d'électricité pour nous alimenter. Nous ne sommes pas réfractaires à la technologie et nous importons ce qui nous manque, mais nous prenons grand soin de nous limiter à l'essentiel.

— Pourquoi cette volonté de vous tenir à l'écart du monde encore aujourd'hui ? J'avoue ne pas comprendre, dit Silence d'un ton perplexe.

Reginald fronça les sourcils. En réalité, il s'agissait tout autant d'une question de volonté que d'une absolue nécessité. Aucun de ses habitants ne pouvait quitter Whisper Town. Aucun, à l'exception des Crochemort. Cette ville était comme un vaisseau fantôme naviguant sur un océan perpétuellement déchaîné. Tous ceux qui tentaient de sauter par-dessus bord finissaient forcément par couler et par disparaître sans laisser de traces.

— Mais parce que ceux qui ont construit Whisper Town, ses fondateurs, en ont décidé ainsi, répondit évasivement Reginald.

Oriel poussa un long soupir. Pour une raison qui lui échappait, Silence avait tenu à faire un tour dans la bibliothèque avant de remonter dans leur chambre et elle avait commencé à sortir de nombreux ouvrages des étagères et à les parcourir sans lui donner la moindre explication.

— Je peux savoir ce que tu cherches, exactement ? grommela Oriel en voyant sa sœur se hisser sur la pointe des pieds pour attraper un autre livre.

— Des informations sur Whisper Town, je suis sûre que le vieux Crochemort ne nous a pas tout dit.

— Qu'est-ce que ça peut bien faire ? Tu aurais dû lui poser des questions sur notre père plutôt que de lui demander de nous raconter cette vieille histoire.

Les jumeaux en savaient très peu sur leur père, seulement qu'il s'appelait Daniel et qu'il était mort dans un accident peu de temps après leur naissance. Mais même si Silence aurait été ravie de pouvoir en apprendre davantage, elle ne se faisait guère d'illusions sur la réaction qu'aurait eue Reginald Crochemort si elle avait osé aborder un tel sujet.

— Ça n'aurait servi à rien, si ce n'est à le mettre de mauvaise humeur.

— Qu'est-ce que tu en sais ?

— Tu n'as pas remarqué qu'il n'y a aucune photo de papa posée sur le buffet, ni son portrait accroché avec les autres tableaux sur le mur ? Et je ne parle même pas de la façon dont les Crochemort évitent soigneusement de parler de lui…

— Et alors ?

— Alors c'est comme s'ils voulaient effacer jusqu'à la moindre trace de son existence. Comme s'ils niaient avoir eu un fils ou qu'ils refusaient de s'en souvenir.

Maintenant qu'il prenait soin d'y réfléchir, Oriel se disait que sa sœur n'avait pas tort. Il n'avait jamais entendu Reginald ou Mary-Elizabeth Crochemort prononcer le nom de leur fils au cours d'une conversation. Et ni Silence ni lui n'avaient eu droit aux sempiternels « oh, c'est fou comme vous ressemblez à votre papa » ou « vous avez ses yeux », bref, toutes les choses que disent habituellement les gens dans ce genre de circonstances.

— N'empêche, j'aimerais bien savoir à quoi il ressemblait… ce qu'il faisait… comment il vivait… avoua Oriel avec une pointe d'amertume.

— Dans ce cas, ce n'est pas à Reginald Crochemort qu'il faut poser ces questions, mais plutôt aux membres du personnel. Il a grandi ici, au manoir, et je te parie tout ce que tu veux que Mme Mills en sait bien davantage sur lui, sur la personne qu'il était et sur ce qu'il aimait, que ses propres parents.

Oriel ouvrit la bouche avant de la refermer aussitôt. Silence avait, encore une fois, probablement raison.

— Pourquoi es-tu si maligne ? soupira-t-il.

— Parce que je me suis accaparé toute l'intelligence pendant qu'on était dans le ventre de maman et que je ne t'en ai pas laissé la moindre goutte.

Il esquissa un sourire, puis secoua la tête.

— Et si tu me disais plutôt la vérité ? Pourquoi fais-tu une fixette sur l'histoire de Whisper Town et sur le cher bon vieux pasteur ?

Silence reposa le livre qu'elle tenait dans ses mains sur l'étagère tout en le regardant.

— Mais parce que je crois que tout vient de là. Toutes les choses flippantes qui se passent ici... et parce que je veux comprendre cette histoire de malédiction.

— Quelle malédiction ?

Silence lui résuma rapidement sa discussion avec Azriel.

— Tu es certaine qu'il ne te fait pas marcher ? demanda Oriel d'un ton perplexe une fois qu'elle eut terminé. Parce que ça n'existe pas, les malédictions.

Silence haussa les sourcils, puis répondit d'un ton moqueur :

— Alors qu'avoir des visions et faire des rêves prémonitoires, ça, en revanche, ça existe ?

Oriel grimaça.

— Il faut toujours que tu aies le dernier mot, hein ?

Chapitre 23

Après deux heures passées à explorer la bibliothèque, les jumeaux avaient fini par baisser les bras et par décider d'aller se coucher.

— Tu m'aideras à poursuivre mes recherches demain ? fit Silence tandis qu'ils traversaient le hall.

— Silence, tu es sûre que c'est une bonne idée ? Il me semble qu'on a presque tout fouillé et…

— Pas le meuble du fond. Celui avec les livres aux couvertures de cuir dans la vitrine.

Oriel voyait parfaitement de quel meuble elle parlait. Il se trouvait au fond de la pièce et contenait deux étagères de livres anciens.

— Il est fermé à clé.

— Et ? Rien ne nous empêche de forcer la serrure.

— Tu es sérieuse ?

— Tu l'as dit toi-même : tout le monde ment, ici. Alors, tu vas m'aider, oui ou non ?

Comme Oriel avait l'impression qu'il était important pour elle qu'il réponde positivement, il opina du chef.

— Oui, promis, fit-il en grimpant les marches de l'escalier principal.

Toutes les lumières étaient éteintes, les membres du personnel s'étaient une nouvelle fois évaporés, et un silence total avait envahi le manoir. Comme il était tard et qu'il faisait nuit noire, ce calme était on ne peut plus naturel, mais Oriel ne pouvait s'empêcher de sentir l'inquiétude l'envahir, au fur et à mesure qu'ils entendaient leurs pas résonner sur le parquet.

— Attends, notre chambre a disparu, fit-il en s'arrêtant brusquement au milieu d'un couloir. Elle devrait être là, pourtant…

Silence jeta un bref coup d'œil autour d'elle, puis haussa les épaules.

— On a dû passer devant.

— Non, je suis sûr que non, répondit Oriel en secouant la tête.

Un courant d'air froid traversa soudain le couloir et les poils d'Oriel se dressèrent aussitôt sur sa nuque. Anormal. Tout ce qui était en train de se passer était profondément anormal.

— Bon, décréta Silence, on fait demi-tour pour rejoindre le palier et reprendre tout depuis le début…

— Regarde ! la coupa-t-il.

— Quoi ?

— Le tableau, là, sur le mur, ce n'est pas le même que d'habitude.

Silence observa la toile, qui représentait une scène de bal. Mais plus elle s'approchait, plus elle remarquait des détails troublants comme les visages grimaçants des danseurs, la position anormale de leurs membres et les ombres étranges qui les entouraient.

— Le parquet semble aussi nettement plus foncé, ajouta Oriel.

Silence pivota vers lui et lança d'une voix enthousiaste, comme si elle cherchait à conjurer la sensation de malaise qui l'envahissait :

— On s'est peut-être juste trompés d'étage.

— Non, non, je suis sûr que non, déglutit Oriel avant d'avancer jusqu'au bout du couloir et de revenir en courant.

« Une souris en cage, songea Silence. Il a l'air aussi effrayé et agité qu'une souris en cage. »

— Ce n'est pas non plus par là.

— Bon, alors on retourne vers l'escalier, décréta Silence avant de remonter le couloir en sens inverse.

Des couloirs. Encore des couloirs. Et plus ils avançaient, plus Oriel sentait une présence autour d'eux et la panique le gagner. Elle était en train d'envahir le manoir, comme la dernière fois. La fois où il avait entendu les coups sur les murs. Elle ne portait pas le même déguisement, mais c'était bien elle. C'était bien cette aura malfaisante. Elle les fixait de ses yeux invisibles. Les suivait pas à pas. Il était impossible de lui échapper.

— C'est incroyable. Même si le manoir est grand, il ne peut pas y avoir des kilomètres de galeries comme dans un métro ! déglutit-il.

Silence n'avait aucune raison d'avoir peur. Aucune raison rationnelle, en tout cas. Elle n'était plus cette petite fille perdue dans les couloirs de l'hôtel où travaillait sa mère. Elle n'allait pas se mettre à pleurer parce qu'elle ne parvenait pas à retrouver son chemin. Ni exploser en sanglots ou inonder la moquette de larmes parce qu'elle avait peur de se faire gronder. Mais l'expression sur le visage d'Oriel et la terreur qui luisait dans ses yeux ravivaient en elle de désagréables souvenirs.

— Là-bas, regarde, Oriel, il doit y avoir quelqu'un, la porte de la chambre est ouverte et il y a de la lumière ! lança-t-elle en accélérant le pas.

À ce stade, Oriel avait les nerfs tellement à vif qu'il s'attendait presque à voir surgir une horde de monstres ou un tueur psychopathe muni d'un grand couteau.

— Attends ! s'écria-t-il en retenant Silence par le bras. Et si c'était dangereux ?

— Tu crains de tomber sur grand-mère, c'est ça ? plaisanta-t-elle.

— Je suis sérieux, Silence.

Oui, ça, Silence l'avait bien compris. Tout comme elle avait compris qu'il savait, ou plutôt qu'il « sentait » que quelque chose n'allait pas. Ce qui était probablement vrai, parce qu'elle partageait son avis au sujet du manoir : il ne pouvait pas y avoir une telle multitude de couloirs dans un bâtiment de cette taille. Ce n'était possible ni d'un point de vue architectural, ni selon les lois de la physique. Mais elle se sentait bien trop fatiguée pour s'en soucier pour le moment.

— Écoute, même si c'est le cas, on ne va pas continuer à marcher pendant des heures.

Oriel la dévisagea et inspira profondément. Il ne se considérait pas comme un lâche et n'avait jamais reculé devant aucun adversaire, que ce soit sur ou hors du terrain de foot, mais il y avait une grande différence entre combattre des personnes réelles, tangibles… et faire face à la peur elle-même.

— Pourquoi des heures ? Je suis sûr que… d'accord, écoute, je ne veux pas entrer dans cette chambre.

— Pourquoi ?

— Mais parce que c'est ce qu'« il » ou « elle » veut.

Silence écarquilla les yeux.

— De qui est-ce que tu parles ?

Oriel plongea ses yeux dans les siens.

— Nous… nous ne sommes pas seuls, ici. Nous ne l'avons jamais été.

Silence soutint son regard. Elle se souvenait à présent de ce que son frère lui avait dit. Elle se souvenait de son avertissement au sujet d'une « présence » rôdant dans les couloirs du manoir. Mais, même si elle nourrissait encore de nombreux doutes, Oriel, lui, y croyait dur comme fer et elle voulait faire disparaître la lueur d'angoisse qui brillait dans ses yeux.

— Donne-moi la main, fit-elle.

— Quoi ?

— Donne-moi la main. Tu m'as toujours protégée, et ce depuis que je suis toute petite. C'est à mon tour maintenant.

Oriel lui lança un regard incrédule.

— Silence…

— Je sais que c'est à cause de ce que tu vois – et que je ne vois pas, moi – que tu as peur, alors ferme les yeux et je te dirai quand tu pourras les ouvrir.

Son frère s'exécuta et Silence avança ensuite de quelques pas, puis s'adossa dans l'encadrement de la porte, avant de dire à Oriel d'une voix rassurante :

— Il n'y a rien ni personne. C'est juste une chambre.

Oriel ouvrit les yeux, s'avança à son tour, puis poussa un profond soupir de soulagement en voyant le grand couvre-lit beige, le papier peint blanc, les meubles de couleur claire et les deux charmants petits fauteuils à tissus rayés installés au fond de la pièce.

— Il faut reconnaître que la déco est moins sinistre que celle du reste de la maison.

— Ce qui n'est pas bien difficile, ricana Silence.

Oriel avança vers le lit puis, poussé par la curiosité, prit le cadre poussiéreux posé sur la table de chevet.

— Je crois que c'était sa chambre, fit-il en fixant la photo dans le cadre.

— Quoi ?

— Je crois que c'est la chambre de notre père et que c'est lui, là, sur cette photo.

Silence lui prit aussitôt le cadre des mains et manqua une respiration. La ressemblance entre le jeune homme aux cheveux noirs, à la peau claire et aux yeux bleu-blanc qui fixait l'objectif et Oriel était trop flagrante pour laisser le moindre doute.

— Alors c'est à ça qu'il ressemblait, dit-elle. Il a quoi ? Dix-huit, vingt ans sur cette photo ?

— Oui, probablement…

— C'est fou… Tu es vraiment son portrait craché.

— Hum… si tu le dis… fit-il d'un ton songeur en examinant le reste de la pièce du regard.

— Tu crois que papa tenait un journal intime ou qu'il gardait des souvenirs de lui ou de maman ? demanda soudain Silence.

Oriel prit un temps de réflexion. Ils n'avaient certainement pas atterri dans cette chambre par hasard : « Il » ou « Elle » l'avait entendu. La présence avait entendu la conversation qu'il avait eue avec Silence un peu plus tôt dans la bibliothèque au sujet de leur père, et elle les avait conduits ici. Oriel en était absolument sûr. La grande question était maintenant de savoir pourquoi.

— C'est justement ce que je suis en train de chercher, figure-toi, répondit-il en ouvrant le tiroir de la table de chevet sans rien trouver à l'intérieur. Bon sang, ils ont tout vidé !

— Non, pas tout, regarde, fit Silence qui venait d'ouvrir l'armoire.

Oriel s'approcha et jeta un rapide coup d'œil par-dessus son épaule avant de voir une marionnette en costume noir, aux dents proéminentes, au sourire figé et aux jambes pendantes sur l'étagère jouxtant la penderie.

— Une marionnette ? Pff… tu parles d'un indice, grommela Oriel.

— Ce n'est pas une marionnette mais un pantin de ventriloque, expliqua Silence en prenant la poupée pour l'examiner de plus près. Tu vois, il y a un mécanisme pour faire bouger les yeux et la bouche…

— Je vois, oui, fit Oriel d'un air méfiant.

Ce n'était qu'un jouet, rien qu'un jouet, mais quelque chose dans cette marionnette le mettait étrangement mal à l'aise.

— Tu veux essayer ? demanda Silence.

Les yeux d'Oriel se dilatèrent soudain d'un seul coup. L'expression du pantin venait de changer, il en était certain. C'était à peine perceptible, mais...

— Repose-le, ordonna-t-il.

— Pourquoi ? Regarde ! Tu peux lui faire remuer les lèvres et...

— *Débarrasse-toi de ça !* grogna soudain la voix dans la tête de Silence.

— *Hein ?*

— *Débarrasse-toi du pantin.*

— *Tu veux quoi ? Que je le jette par la fenêtre ?*

— *Brûle-le.*

— *Mais bien sûr,* persifla Silence, *je vais tout de suite chercher le bidon d'essence que j'ai planqué dans mon sac de cours.*

— *Très bien, fais comme tu veux, mais tu ne diras pas que je ne t'ai pas prévenue.*

Silence haussa nonchalamment les épaules comme si elle était en train d'avoir une véritable conversation avec quelqu'un, puis reporta son attention sur le pantin.

— Silence, tu m'écoutes ?! Repose cette chose tout de suite !!! hurla Oriel.

— Mais pourquoi ? On pourrait l'emmener. J'ai toujours rêvé de…

Oriel ne la laissa pas terminer sa phrase et lui arracha le pantin des mains, avant de le poser brutalement sur l'étagère et de refermer les portes de l'armoire.

— J'ai dit non !

— Eh mais ça ne va pas la tête ? Qu'est-ce qu'il t'arrive ?

— Il a bougé, répondit Oriel.

— Quoi ?

— Il a bougé. Maintenant, viens, on s'en va.

Chapitre 24

Gregory Larson examina un long moment la pile de papiers qui encombrait le bureau, les rangea dans un dossier qu'il fit glisser sur le côté, puis leva les yeux vers le portrait d'une très belle femme blonde au sourire charmeur accroché sur le mur. Gregory enviait les personnes qui parvenaient à surmonter sans trop de difficultés la douleur du veuvage. Ceux qui finissaient après quelque temps par se remettre sur pied et aller de l'avant. Ceux qui recommençaient une nouvelle vie. Lui s'en sentait tout bonnement incapable. Cela faisait maintenant cinq ans que Selena, la mère de ses enfants, avait disparu, mais il ne se passait pas un jour sans qu'il n'entende le son de sa voix, sans qu'il n'aille sentir son odeur sur ses vêtements, sans qu'il ne vive avec son fantôme.

— Papa ?

Sortant de sa rêverie, Gregory détourna son regard du tableau, puis fit signe à son fils, Azriel, d'approcher.

— Tu souhaitais me voir ? demanda ce dernier d'une voix hésitante. J'ai frappé à la porte, mais…

— … assieds-toi, mon garçon.

Azriel fronça les sourcils.

— Je préfère rester debout. Il y a un problème ?

— C'est à toi de me le dire.

— Je ne comprends pas.

— Pete Grayson est venu me rendre visite au bureau aujourd'hui. Il m'a dit que tu t'étais battu avec Nathan, au sujet de cette fille, cette « Silence ». Est-ce la vérité ? As-tu frappé l'un de tes meilleurs amis pour protéger cette abomination ?

Azriel fronça les sourcils, contrarié. Nathan avait vraiment l'air furieux en quittant l'institut, mais de là à aller tout raconter à son père ? Non ça, Azriel devait bien avouer qu'il ne s'y attendait pas. Pas de la part de son meilleur ami…

— Je ne l'ai pas fait pour elle mais pour Nathan. J'avais peur pour lui, peur de ce que pourrait lui faire Reginald Crochemort si…

— … Reginald Crochemort la hait probablement autant que nous !

Azriel le croyait volontiers. Silence était la honte de sa famille, l'incarnation du déshonneur. Et la preuve vivante que les Crochemort n'avaient pas rempli leur devoir envers la communauté…

— Possible, mais elle reste sa petite-fille et elle bénéficie de sa protection.

Gregory prit une ou deux secondes de réflexion. Si Azriel était bien intervenu non pour aider cette fille, mais pour empêcher son ami de commettre une grave erreur, il n'avait, à priori, plus aucune raison de le sermonner. Mais Gregory Larson connaissait bien son fils et il sentait qu'il ne lui disait qu'une partie de la vérité.

— C'est la seule raison ? Tu es sûr ?

Azriel poussa un soupir. Il en avait assez de mentir à son père, de jouer la comédie, de marcher sur la pointe des pieds. Assez de faire tous ces efforts pour gagner l'affection d'un homme qui n'avait plus rien à donner et qui était trop occupé à s'apitoyer sur lui-même pour s'intéresser aux autres.

— Non. Mais c'est probablement la seule que tu puisses comprendre.

— C'est-à-dire ?

— C'est-à-dire que je ne saisis pas pourquoi vous vous acharnez tous sur elle.

— Tu sais qui elle est, non ? Ce qu'elle est ?

— Oui, c'est une pauvre gamine qui ignore tout de nos histoires. Une innocente, qui ne mérite ni votre haine, ni le sort qui l'attend.

— Personne n'est innocent.

Son père parlait d'une voix calme, mais Azriel pouvait lire une certitude dans ses yeux. Si on lui en donnait l'occasion, il le ferait. Il tuerait Silence sans aucun remords. Sans hésiter. Il mettrait fin à son existence et ça ne l'empêcherait pas de dormir.

— Elle, l'est. Je suis sûr qu'elle n'a jamais fait de mal à personne, papa.

— Tu oublies que ta mère est morte par sa faute ! gronda Gregory.

— Maman est morte à cause de ce maudit pacte ! Elle est morte à cause des fondateurs ! Elle est morte à cause de Lui !

Les yeux de Gregory s'illuminèrent soudain d'une crainte mêlée de fureur.

— Azriel ! Tu te rends compte de ce que tu dis ?!

— Oui, je dis que vous êtes tous trop lâches pour regarder la vérité en face et désigner le vrai coupable.

Un spasme contracta le visage de Gregory. Contournant son bureau à la vitesse de l'éclair, il colla une gifle monumentale à Azriel.

— Je ne veux plus jamais t'entendre dire ce genre de choses ! Jamais, c'est compris ?

— Pourquoi ? Aurais-tu peur qu'Il nous écoute et qu'Il me punisse comme Il a puni maman ? ricana Azriel en essuyant le sang qui coulait au coin de ses lèvres avant d'ajouter avec un petit rire amer : Ah non, c'est vrai, maman ne disait jamais rien, « elle ». C'était une bonne adepte. Un pilier pour la communauté !

Gregory Larson fronça les sourcils. Oui, Selena était une femme exceptionnelle, et elle ne méritait pas un tel châtiment, mais Il n'avait rien à se reprocher. Ce n'était pas Lui qui avait rompu le pacte et Sa colère était parfaitement justifiée.

— Azriel, attends ! Je n'ai pas fini !

— Papa, Sa justice est aveugle, ne le vois-tu pas ? Alors peu importe ce que je peux bien dire ou penser, ça ne changera absolument rien, de toute façon.

Gregory Larson resta un instant sous le choc. Jamais, non, à aucun moment il n'aurait pensé entendre un jour son fils blasphémer de la sorte. Azriel avait toujours été un bon garçon. Un bon fidèle. Alors qu'est-ce qu'il lui prenait tout à coup ? Était-ce la faute de cette fille, cette Silence Crochemort ? Était-elle en train de lui retourner le cerveau ? De le manipuler ? Parce que si c'était le cas, Gregory ne pouvait absolument pas laisser une telle chose se produire.

Azriel sursauta en voyant sa petite sœur de treize ans, Helena, entrer en trombe dans sa chambre et hurler :

— Pourquoi as-tu crié sur papa ? Tu sais parfaitement qu'il n'est pas bien en ce moment, que c'est bientôt l'anniversaire de la mort de maman et que…

Elle s'interrompit brusquement, puis écarquilla les yeux.

— C'est… c'est papa qui t'a fait ça ?

— Quoi ?

— La blessure, là, au coin des lèvres. Et aussi… (elle avança son visage à quelques centimètres de celui de son frère) les marques de doigts sur ta joue.

Azriel poussa un soupir. Sa sœur était le portrait craché de leur mère avec ses jolies boucles blondes, ses grands yeux bleus expressifs, ses adorables fossettes et ses traits fins et délicats, mais leur ressemblance s'arrêtait là. Quand elle était petite, les membres du personnel l'avaient d'abord surnommée « le cyclone », puis, quelques années plus tard, à cause de son tempérament volcanique, « la petite furie ». Ce qu'Azriel ne considérait pas vraiment comme une amélioration.

— Il t'a frappé ? Il a osé te frapper ?! fit-elle, abasourdie.

Azriel détourna le regard, embarrassé.

— Je… laisse tomber, d'accord ?

— Non. Non, ça, c'est hors de question, déclara-t-elle, les yeux luisants de colère.

Leur mère, elle en était persuadée, n'aurait pas supporté de voir quelqu'un lever la main sur l'un de ses enfants. Et il ne serait jamais venu à l'esprit d'Helena que son père puisse faire une chose pareille. Elle était bien plus choquée qu'elle n'osait se l'avouer.

— Ne te mêle pas de ça, tu veux ? C'est entre papa et moi.

Helena plissa les yeux comme si elle réfléchissait et Azriel devina qu'elle était en train de passer en revue toutes les raisons qui auraient pu conduire leur père à cette extrémité.

— Tu as dit quelque chose que tu n'aurais pas dû dire sur maman ? tenta-t-elle de deviner sans trop y croire.

— Non, bien sûr que non ! s'exclama Azriel en secouant la tête.

Comment pouvait-il lui expliquer qu'il s'était querellé avec leur père parce qu'il ne supportait plus de le voir faire semblant de ne pas voir l'éléphant au milieu de la pièce ? Helena avait beau être particulièrement mûre pour son âge, elle était trop jeune pour comprendre ce genre de choses. Trop jeune pour remettre en question tout ce qu'on lui avait inculqué et toutes ses croyances.

— Alors pourquoi est-ce que…

— Ça suffit, Helena, je n'ai pas envie d'en parler, c'est clair ? aboya-t-il d'un ton sévère.

— Comme tu veux ! Je m'en fiche, je vais demander à papa !

Azriel soupira intérieurement. Pourquoi fallait-il toujours qu'elle fourre son nez partout et qu'elle se montre aussi indiscrète ? Elle ne pouvait pas se contenter de jouer avec ses copines ou de s'amuser à se coiffer et à se maquiller comme toutes les gamines de son âge ?

— C'est ma faute, d'accord ? C'est moi qui l'ai provoqué, finit-il par dire.

— Même si c'est vrai, il n'aurait pas dû faire ça, remarqua-t-elle en fixant la joue de son frère.

— Sors de ma chambre, Helena.

Un petit pli se forma entre les sourcils de cette dernière, comme si elle réfléchissait au fait d'obéir ou non, puis elle hocha la tête.

— Très bien, mais ne pense pas t'en tirer aussi facilement. Je finirai par le savoir. Je finis toujours par tout savoir, de toute façon.

Azriel la suivit des yeux jusqu'à ce qu'elle sorte de sa chambre, puis inspira profondément. Helena se trompait si elle pensait qu'elle n'aurait qu'à faire son petit numéro habituel à leur père pour réussir à lui tirer les vers du nez. Non, pas cette fois. Cette fois, Gregory Larson ne risquait pas de parler de leur discussion à qui que ce soit. En partie parce qu'il aimait se vanter de pouvoir garder la tête froide en toute occasion et qu'il devait se sentir honteux de ne pas avoir su mieux se maîtriser, et ensuite parce que les propos tenus par Azriel pouvaient, s'ils étaient rendus publics, le conduire directement au bûcher et salir définitivement l'honneur de leur famille.

Chapitre 25

Oriel regardait la ville en contrebas. Après l'épisode avec le pantin, il avait passé une partie de la nuit à tenter d'échafauder un plan pour quitter Whisper Town et ce maudit manoir. Il avait d'abord songé à prendre un bus pour Huntington Orn en payant deux tickets avec les quelques pièces de monnaie qu'il lui restait, avant de se rappeler que ses camarades de classe lui avaient dit qu'il n'y avait aucun bus qui circulait dans la ville. Il avait ensuite pensé à l'autostop, puis s'était souvenu qu'il n'avait pas croisé la moindre voiture lors de leur arrivée et que la plupart des habitants ne possédaient pas de véhicule. Enfin, il avait envisagé de marcher jusqu'à Huntington Orn, avant de réaliser que lui et sa sœur ne seraient probablement pas capable de parcourir une si longue distance à pied avant la tombée de la nuit. Autrement dit : avant que le brouillard ne se lève…

— Qu'est-ce que tu fabriques ? demanda soudain Silence en s'appuyant sur la portière de la voiture. On va finir par être en retard.

Oriel détourna les yeux de Whisper Town, puis poussa un soupir. Non de non ! Il avait beau tourner ça encore et encore dans sa tête, il ne voyait franchement pas comment se sortir de ce bourbier. Ou devrait-il dire, de cette prison. Il se sentait complètement impuissant et ça le rendait furieux.

— Je pense à un moyen de nous tirer d'ici.

Silence fit les gros yeux et pointa du menton Franck Barnett qui attendait dans la voiture.

— Ça va, ça va, j'ai compris, grommela Oriel en grimaçant.

Silence inspira profondément, puis serra les dents. Non, Oriel ne comprenait pas. Il ne comprenait pas qu'il devait cesser de rendre les choses encore plus étranges et inquiétantes qu'elles ne l'étaient déjà. Et surtout, il ne comprenait pas qu'il ne devait plus jamais sortir de phrase effrayante le soir, avant de dormir, telle que : « Tu peux fermer les yeux sur tout ce qu'il se passe et continuer à te mentir à toi-même autant que tu veux, je sais que non seulement ce manoir est hanté, mais qu'on va finir par se faire tuer si on reste ici. » En tout cas, pas s'il voulait que Silence passe une bonne nuit et qu'elle se réveille de bonne humeur.

— Bien, alors maintenant sois gentil et monte dans cette voiture ! lança Silence d'un ton excédé.

Franck Barnett regarda dans le rétroviseur les jumeaux s'installer sur la banquette arrière, puis démarra aussitôt. Il n'avait pas pu entendre leur conversation, mais il sentait une sorte de tension entre eux, comme s'ils venaient de se disputer. Une impression confirmée par le fait qu'ils n'avaient pas desserré les dents durant le trajet jusqu'à l'institut, qu'ils étaient descendus de la voiture chacun de leur côté et qu'ils avaient ensuite traversé le parking en prenant soin de conserver une certaine distance entre eux.

Helena poussa un soupir intérieur. L'atmosphère dans la salle à manger était lourde. Son père buvait son café d'un air absent, tandis que son frère faisait mine d'ignorer sa présence, et le silence était uniquement troublé par les mouvements de la domestique qui circulait dans la pièce ou le bruit des tasses qu'on reposait sur les soucoupes.

Abakan, le chat d'Helena, se frottait en ronronnant contre ses jambes, mais contrairement à son habitude, cette dernière ne se sentait pas d'humeur à le câliner. Elle était furieuse et frustrée de ne pas comprendre ce qu'il était en train de se passer, pourquoi son père et son frère s'étaient violemment disputés et surtout pourquoi ils ne semblaient pas avoir le moindre désir de se réconcilier. Elle n'était plus une enfant, elle avait le droit de savoir, ou tout du moins d'obtenir un minimum d'explications.

— Ça va durer encore longtemps ? Non, parce que je préfère vous avertir que je trouve votre attitude particulièrement pénible.

Gregory Larson leva lentement les yeux vers elle.

— Finis ton petit déjeuner et tais-toi, Helena.

N'osant pas désobéir à un ordre direct, cette dernière poussa un soupir et se remit à cogiter. Et si ça ne s'arrangeait pas ? Et s'ils ne se réconciliaient jamais et que son père décidait brusquement de chasser Azriel de la maison ? Cette idée lui paraissait si effrayante qu'elle osait à peine y penser.

Azriel, de l'autre côté de la table, observait sa petite sœur d'un air contrarié. C'était plus fort qu'elle : elle ne pouvait s'empêcher de dire tout ce qui lui passait par la tête et de se mêler de tout. Et il était certain que ça finirait, un jour ou l'autre, par lui attirer de sérieux ennuis. En particulier dans une ville comme Whisper Town. Une ville dont les habitants veillaient jalousement sur leurs secrets et détestaient qu'on se mêle de leurs affaires.

— Il est sept heures trente, annonça soudain Gregory avec froideur.

Jetant un coup d'œil aux aiguilles de l'horloge posée sur la cheminée, Azriel se leva en silence, une expression impassible sur le visage, puis fit signe à Helena de le suivre.

Azriel avança le long des couloirs de l'institut en feignant de ne pas voir les élèves qui regardaient son visage tuméfié avec curiosité ou qui se donnaient des coups de coude en le montrant du doigt, ou encore qui gloussaient comme des idiots. En entrant dans la salle de classe, il chercha immédiatement Silence des yeux et la trouva assise près de la fenêtre, au bout du premier rang. Elle avait le front plissé et des cernes marqués, comme quelqu'un qui aurait passé la nuit à tenter de résoudre un difficile problème d'algèbre ou à comprendre un obscur texte philosophique.

— Ça va ? Tu n'as pas l'air dans ton assiette aujourd'hui.

Silence tressaillit et leva les yeux vers Azriel.

— C'est plutôt moi qui devrais te poser cette question, répondit-elle en remarquant l'énorme bleu sur sa joue. Que t'est-il arrivé ?

L'expression d'Azriel s'assombrit.

— Je suis tombé dans les escaliers.

Silence laissa échapper un petit rire moqueur.

— Oui, c'est fou ce que certaines marches peuvent se montrer belliqueuses, hein ? Et à ce qu'on m'a dit, les portes ne sont pas toujours commodes non plus.

Azriel ne put s'empêcher de sourire.

— C'est ce que j'ai entendu dire, oui…

Silence lui retourna son sourire, puis commença à sortir ses affaires de cours de son sac à dos. Comme à chaque fois, les élèves de sa classe s'étaient installés aussi loin d'elle qu'ils le pouvaient et comme à chaque fois, Azriel trouvait le comportement de ses camarades aussi injuste que ridicule.

— Je peux m'asseoir près de toi ? demanda-t-il soudain.

— Pardon ?

— Je te demande si je peux m'asseoir là, fit-il en pointant du doigt la chaise située à côté de Silence.

Celle-ci le dévisagea un bref instant, intriguée, puis haussa les épaules.

— C'est une salle de cours, chacun est libre de s'installer où il veut.

Nathan regarda Azriel s'installer près de Silence Crochemort sans en croire ses yeux. Il pensait tout savoir de son meilleur ami : sa personnalité, ses travers, les moindres détails de sa vie. Il était persuadé qu'il pouvait lire en lui comme dans un livre ouvert. Mais il ne connaissait pas cet Azriel-là. Cet Azriel qui souriait chaleureusement à la fille qu'il détestait le plus au monde. Cet Azriel qui tournait le dos à ses amis. Cet Azriel qui avait oublié le sens du mot « loyauté ». Cet inconnu qui était en train de lui briser le cœur.

— Qu'est-ce qu'il fait, Azriel ? Il est devenu dingue ou quoi ? demanda Emma, une camarade de classe assise près de lui.

Nathan jeta un bref regard vers Silence Crochemort et Azriel qui discutaient, puis haussa les épaules.

— Qu'est-ce que j'en sais, moi ?

— C'est ton meilleur ami, non ? insista-t-elle.

— Ça ne veut pas dire que je sais pourquoi il se comporte comme un abruti, répondit-il.

— Un abruti ? Un traître, tu veux dire ? rétorqua Emma d'un ton hargneux.

— Ouais, un vrai traître, gronda soudain une voix derrière lui.

Nathan n'avait pas besoin de se retourner pour savoir qu'il s'agissait de Steve Wilcox. Francis Wilcox, son père, avait été un alcoolique notoire et un homme particulièrement violent, mais il avait rendu service à un paquet de gens et ces derniers avaient décidé, à sa mort, d'honorer leurs dettes en offrant à son fils la possibilité d'intégrer gratuitement l'institut (ou plutôt « le loup dans la bergerie », vu que Steve Wilcox était une grosse brute stupide qui ne pensait qu'à faire du mal aux autres, et en particulier aux plus faibles que lui).

— Je le connais, je suis sûr qu'il doit avoir ses raisons, fit Nathan sans grande conviction.

— Quelles raisons ? Non, Larson est en train de déconner sévère et il mérite une bonne leçon ! gronda Steve d'un ton menaçant.

Nathan déglutit lentement. À chaque fois que Steve Wilcox menaçait quelqu'un, il avait cette drôle de lueur dans le regard, cette lueur qui disait qu'il n'avait pas toute sa raison et qu'il finirait un jour par aller trop loin, bien trop loin…

— Ce n'est pas lui, mais Silence Crochemort, le problème ! lâcha soudain Emma.

Steve Wilcox tourna la tête vers Silence. Il ne se souvenait pas avoir vu une seule journée s'écouler sans entendre son père traiter la mère des jumeaux de tous les noms et raconter en détail les horreurs qu'il aurait voulu faire subir à cette traîtresse. Et à sa mort, Steve s'était senti frustré et déçu que son père n'ait jamais pu réaliser son rêve d'infliger à cette femme un sort pire que la mort… Mais maintenant que Steve avait la fille de cette garce sous les yeux, qu'elle était désormais là, à sa portée, il se disait qu'il allait pouvoir se venger d'elle. Qu'il allait pouvoir accomplir tout ce que son père n'avait pas pu accomplir. Qu'il allait enfin pouvoir rendre Francis Wilcox fier de lui…

— Pas pour longtemps, ricana Steve avec une expression qui ne laissait aucun doute sur ses intentions.

— C'est vrai ? demanda Emma, les yeux luisants d'excitation.

— Tu crois que je le dirais si c'était pas vrai ? aboya Steve en la fusillant du regard.

— Non, non… mais Nathan et moi, on pourrait peut-être t'aider ? fit-elle.

Steve haussa les sourcils d'un air surpris, puis considéra ensuite la question. Il n'avait pas vraiment besoin d'aide pour s'occuper de cette larve. Silence Crochemort pesait quoi ? Quarante-cinq kilos maximum à vue d'œil, mais l'idée d'avoir des spectateurs, des témoins qui pourraient décrire à toute l'école comment il avait tué cette fille lui plaisait. Pas seulement parce qu'il avait conscience que tout le monde la détestait et qu'en la tuant, il allait forcément passer pour un héros, mais parce qu'il aimait engendrer la peur et qu'il voulait que les élèves comprennent de quoi il était capable et ce qu'il pourrait leur faire à eux aussi, s'ils s'avisaient de lui désobéir.

— Euh… si tu veux mon avis, Steve peut très bien se débrouiller seul, Emma, remarqua Nathan.

Celui-ci trouvait généralement Emma plutôt mignonne avec sa jolie figure en forme de cœur, ses longs cheveux bruns et ses grands yeux noirs, mais pas à cet instant. Non, à cet instant, l'expression de haine qui déformait ses traits la rendait particulièrement hideuse.

— Tu dis ça parce que tu es mort de peur à l'idée de t'en prendre à un Crochemort, mais tout le monde n'est pas aussi lâche que toi, Nathan. Moi, quand j'ai décidé quelque chose, je ne me dégonfle pas, je vais jusqu'au bout.

Nathan inspira profondément. Il comprenait la colère d'Emma. Il savait combien la mort de son petit frère l'avait marquée et qui elle tenait pour responsable de sa disparition, mais il n'était pas certain qu'elle sache vraiment de quoi Steve Wilcox était capable, ni dans quel guêpier elle était en train de se fourrer.

— Je ne suis pas lâche. Je ne l'ai jamais été.

— Alors prouve-le et viens avec nous, répondit Emma.

— Ouais, Nathan, montre-nous que t'en as dans le pantalon ! ricana Steve d'un ton moqueur.

Nathan hésita.

— Je ne suis pas sûr que...

— Un conseil : ne joue pas au con avec moi, coupa Steve d'un ton de menace.

« Jouer au con » était justement ce que Nathan voulait éviter de faire. Il était certain que cette histoire ne pouvait que mal tourner, mais il n'était pas idiot et savait parfaitement ce qu'il risquait de lui arriver s'il contrariait cette brute décérébrée...

Wilcox était un vrai bouledogue, une fois qu'il enfonçait ses crocs dans quelqu'un, il ne lâchait jamais.

— D'accord, murmura-t-il du bout des lèvres.

La dernière heure de cours venait de se terminer et Silence s'arrêta, sur le chemin du réfectoire, aux toilettes des filles. Jetant un bref coup d'œil dans le long miroir accroché au-dessus des lavabos, elle eut le temps d'avancer de quelques pas avant d'entendre la porte s'ouvrir derrière elle et de sentir une main la pousser violemment dans le dos.

— Oh hé ! Fais un peu attention ! grogna Silence en faisant volte-face.

Puis elle fronça les sourcils en reconnaissant trois de ses camarades de classe : il y avait Nathan, le garçon qui avait tenté de l'agresser la veille, puis un gros balèze aux cheveux coupés en brosse et à l'air abruti, et enfin une jolie fille au regard de folle.

— Doucement, Steve, ne va pas trop vite, s'il te plaît, l'avertit Emma.

Silence inspira profondément. Si ces crétins pensaient pouvoir l'intimider, ils se trompaient lourdement.

— Autant crever l'abcès : c'est quoi le problème ? demanda-t-elle.

— Le problème, c'est toi, grogna Steve Wilcox avec un sourire mauvais.

Silence hocha la tête.

— Oui, ça, ça me paraît suffisamment clair. La grande question serait surtout : pourquoi ? Vous ne me connaissez pas plus que je ne vous connais, donc…

— Tu ne devrais pas être là, coupa sèchement Emma.

— Alors là, on est bien d'accord. Je déteste cette ville, le manoir et ma famille, donc…

— Non. Ce qu'elle veut dire, c'est que tu devrais être morte, expliqua Nathan.

Silence fronça les sourcils. Étrange, c'était presque mot pour mot ce que la vieille femme du magasin avec l'annonce dans la vitrine lui avait dit.

— Morte ? Pourquoi ?

— Pour que plus personne ne soit tué, répondit Nathan.

Silence fit les yeux ronds.

— Tué ? Mais qui a été…

— … mon petit frère, Eliott, l'interrompit Emma.

— Et ma mère, ajouta Nathan.

Ces trois-là devaient la confondre avec un tueur en série ou être sous l'emprise de l'alcool ou d'une drogue quelconque, parce que Silence ne voyait pas comment elle pouvait être responsable de la mort de tous ces gens.

Se frottant doucement l'arête du nez, elle lâcha d'un ton perplexe :

— Euh… je suis vraiment désolée que vous ayez perdu vos proches, moi aussi j'ai perdu ma mère et…

— Ta mère, Mary March, n'était qu'une sale égoïste ! la coupa Emma tout à coup.

— Ouais ! Et si elle était pas déjà crevée, on se serait chargés de son cas comme on va se charger du tien ! gronda soudain Steve en sortant un couteau à cran d'arrêt de sa poche.

Silence écarquilla les yeux de frayeur. Le gros balèze n'avait pas dit grand-chose jusqu'à présent, et elle comprenait, en voyant ses yeux morts, que ce n'était pas parce qu'il était plus timide ou moins en colère que les deux autres, mais parce qu'il s'en fichait. Il se fichait de ce que pouvaient bien raconter ses petits copains. Il avait seulement envie de lui faire du mal. Beaucoup de mal…

Mue par son instinct, Silence courut vers l'une des cabines de toilettes, ferma la porte et poussa le verrou.

— Faites-moi la courte échelle ! Je vais passer par au-dessus ! hurla Steve.

— Le brouillard ! Regardez ! Il y a du brouillard qui sort des lavabos, s'affola soudain Nathan.

Des nuages de fumée blanche et opaque étaient en train de remonter des tuyaux, de se répandre lentement sur le sol, et de le recouvrir comme un immense drap blanc.

— Merde, il a raison ! Steve ! Regarde ! s'écria Emma.

Steve tourna la tête à son tour vers les lavabos et grimaça. Non, ce n'était pas juste ! Il ne pouvait pas échouer, pas si près du but ! La fille Crochemort devait mourir de ses propres mains !

— Il ne faut pas rester là ! s'exclama Nathan d'une voix angoissée.

— Personne ne sort tant qu'on ne l'a pas attrapée ! déclara Steve d'un ton autoritaire. Je veux qu'elle crève !

— Facile : on sort, on bloque la porte, et on laisse le brouillard se charger d'elle, ricana Emma.

Nathan grimaça de dégoût. Personne, pas même Silence Crochemort, ne méritait de mourir de cette façon. Non, personne…

— Non ! Je veux bousiller cette garce moi-même ! hurla Steve en donnant un coup de pied rageur contre la porte de la cabine.

— Faites ce que vous voulez, mais moi, je m'en vais ! s'écria Nathan avant de se ruer vers la porte et de disparaître.

Emma jeta un œil au brouillard qui lui arrivait maintenant en haut des chevilles en se disant que ça ne valait pas le coup, que Silence Crochemort n'avait de toute façon aucune chance de s'en sortir et qu'elle avait tout intérêt à filer elle aussi.

— Revenez ! Revenez tout de suite ou je vous plante ! hurla Steve, rouge de fureur, en voyant Emma s'enfuir à son tour.

Des lâches ! Rien que des lâches ! Mais il comptait bien le leur faire payer, oui, il allait s'occuper d'eux à sa façon, dès qu'il aurait réglé son compte à cette garce de Silence Crochemort !

Tremblant de tous ses membres, les pieds posés sur la cuvette des toilettes, Helena ignorait comment réagir. Qu'est-ce qu'il lui avait pris de faire ça ? Pourquoi était-elle restée enfermée dans cette maudite cabine au lieu de sortir et de partir dès qu'elle avait reconnu les voix de Steve Wilcox et des autres à travers la porte ? Pourquoi avait-elle encore une fois cédé à sa curiosité maladive en essayant d'espionner leur conversation ? Qu'est-ce qu'il lui avait pris de se montrer aussi bête ?

— Sors de là, pétasse ! hurla Steve Wilcox en donnant à nouveau un coup violent contre la porte de la cabine contigüe à la sienne.

Helena, comme tous les élèves de l'institut, connaissait la mauvaise réputation de Steve et avait été avertie, dès son premier jour de classe, qu'il fallait à tout prix éviter de le contrarier. Mais elle réalisait à présent, en l'entendant hurler et proférer toutes ces menaces contre Silence Crochemort, qu'il n'était pas seulement une brute, mais un psychopathe, au sens médical du terme. Quelqu'un de psychologiquement dérangé qui aurait plus sa place en prison ou dans un hôpital psychiatrique que dans une école.

— Je vais te faire la peau ! cria encore Steve.

Constatant avec horreur que le brouillard avait presque entièrement recouvert le sol de la cabine, Helena hésita un instant à sortir, posa même la main sur le verrou, avant de la retirer prestement en entendant Steve Wilcox ajouter d'une voix stridente :

— Ouais… je vais t'écorcher vive ! Je vais te faire ce que j'ai fait au chaton de cet abruti de Michael Flanagan !

Helena sentit la nausée l'envahir. Un monstre. Steve Wilcox était un monstre.

— Tu sais, si j'étais toi, je songerais sérieusement à me faire soigner, mon vieux ! répondit soudain Silence Crochemort.

— Tu veux pas sortir, grosse pétasse ? Très bien, je vais foutre le feu !

Helena secoua la tête. Quelqu'un allait forcément finir par entrer dans les toilettes des filles à un moment ou à un autre, voir Steve Wilcox en pleine crise de démence et aller chercher des secours. Elle espérait seulement que le bouillard ne l'aurait pas tuée avant.

— Tu vas voir ça ! hurla Steve avant de sortir un tas de papiers et une boîte d'allumettes de son sac à dos.

Lorsqu'elle vit que la brume était en train de monter dangereusement le long des murs, Helena comprit qu'elle ne pouvait plus attendre, qu'elle devait réagir et risquer le tout pour le tout.

Elle se hissa donc sur la pointe des pieds puis, comptant sur ses talents de gymnaste, s'élança, bras tendus, vers la cloison.

Alertée par le bruit d'un frottement contre la paroi de sa cabine, Silence leva la tête et écarquilla les yeux en découvrant une jeune fille blonde assise à califourchon au-dessus de la cloison. Pâle et visiblement apeurée, elle la fixait d'un air implorant sans prononcer un mot.

Grimpant sur la cuvette, Silence leva les yeux vers elle en murmurant :

— Qui es-tu ?

— Helena. Helena Larson.

— Tu es la petite sœur d'Azriel ? devina Silence.

— Tu connais mon frère ?

— Un peu. Qu'est-ce que tu fais là, Helena ?

— J'ai trop peur de Steve Wilcox pour sortir, mais maintenant il y a le brouillard, et…

Helena s'interrompit soudain en réalisant que le brouillard n'avait pas encore recouvert le sol de la cabine de Silence. Ce qui était vraiment étrange parce qu'il y avait suffisamment d'espace sous les cloisons pour qu'il puisse se répandre partout.

— Il n'y a rien de ton côté.

Silence regarda Helena sans comprendre.

— De quoi est-ce que tu parles ?

— Mais du brouillard !

Silence fronça les sourcils. Elle avait bien entendu Nathan et la fille hurler que de la brume sortait des lavabos, mais elle était alors trop occupée à encaisser les insultes et les menaces du gros balèze pour y prêter vraiment attention.

— Pousse-toi, je vais descendre ! ajouta Helena.

Elle se laissa glisser le long de la paroi, puis se tourna vers Silence en disant :

— Tu peux me serrer très fort ?

Chapitre 26

Oriel était toujours aussi fâché contre Silence. Non seulement à cause de sa mauvaise humeur de ce matin, mais surtout à cause de l'inertie dont elle continuait à faire preuve. Qu'attendait-elle exactement pour prendre la situation au sérieux et l'aider à trouver une solution ? Pourquoi s'obstinait-elle à agir comme si de rien n'était et à fermer les yeux sur ce qu'il se passait ? Il l'avait pourtant prévenue, il lui avait parlé de son don, des créatures dans le brouillard… et elle avait vu les couloirs du manoir s'étirer à l'infini comme dans un rêve la veille ou, même avant ça, le cadavre traînant au beau milieu de la rue ! Alors que lui fallait-il de plus ?

— Hé Crochemort ! Si ta sœur ne vient pas déjeuner avec toi, ça te dirait de te joindre à nous ? lança l'un des garçons assis à la table d'à côté.

Le réfectoire était plein maintenant, et la plupart des élèves de l'institut étaient attablés et mangeaient tout en devisant tranquillement. Et Silence n'avait toujours pas fait son apparition.

— Pourquoi pas ? répondit Oriel avant de sentir une violente douleur traverser son crâne.

Les yeux révulsés et le cœur battant à tout rompre, il se retrouva soudain dans une pièce sombre et humide éclairée par des néons. Une pièce dont le sol était entièrement recouvert de brouillard. Il y eut ensuite un flash blanc. Il vit Silence et une fille blonde serrées l'une contre l'autre, puis plus rien. Rien à part le sang… le sang coulant le long des lavabos.

Steve Wilcox, trop occupé à essayer de trouver un moyen de faire sortir Silence Crochemort des toilettes, prit conscience trop tard de la présence près de lui. La créature s'était approchée lentement, comme si elle avait délibérément choisi de prendre son temps avant d'émerger du brouillard. Son regard croisa celui de Steve et ce dernier éprouva, pour la première fois, un véritable accès de terreur. Pas parce qu'il était terrifié par le monstre, mais parce que son cerveau malade était en train de lui hurler qu'il avait échoué, qu'il ne pourrait pas tuer Silence Crochemort, qu'il était un loser et que toutes les insultes, les brimades et les coups que lui avait assenés son père durant son enfance étaient non seulement mérités, mais qu'il allait connaître bien pire une fois qu'il le rejoindrait dans l'autre monde.

Sentant des larmes de frustration et de rage lui monter aux yeux, il se mit à hurler :

— Non ! Non ! Pas maintenant ! Encore une minute, rien qu'une minute !

La créature, nullement impressionnée, se redressa et Steve vit les six tentacules sur son ventre s'agiter, s'étendre comme des fouets, puis s'enrouler autour de ses jambes.

— Pitié ! Je veux voir cette garce crever d'abord ! Je veux…

Les mots se coincèrent dans sa gorge tandis qu'il tombait à genoux sur le sol. Tentant désespérément de se remettre debout, il plongea plusieurs fois le nez dans le brouillard avant de se contorsionner en suppliant :

— Lâche-moi ! Lâche-moi, je te dis !

Intriguée par les vociférations et les hurlements de Steve, Silence colla son oreille contre la porte, puis chuchota :

— Il a l'air de se battre contre quelqu'un, mais je n'entends aucune autre voix.

Un frisson parcourut la nuque d'Helena. Il ne lui était pas bien difficile de deviner ce qu'il se passait derrière la porte ni quelle serait l'issue de la confrontation.

— Il ne se bat pas contre « quelqu'un », mais contre « elles ».

Silence haussa les sourcils.

— « Elles » ?

— Celles qui vivent dans le brouillard, répondit Helena d'une voix blanche.

Silence se souvenait qu'Oriel avait parlé de créatures cachées dans la brume, et si elle voulait être parfaitement honnête, elle avait aussi vu des formes étranges émerger de l'obscurité ce soir-là, mais elle s'était dit qu'ils avaient dû rêver ou qu'ils avaient été victimes d'une illusion d'optique, et n'avait jamais imaginé une seule seconde que ces créatures puissent être réelles.

— Tu me chambres là, pas vrai ? Les monstres n'existent pas.

Helena leva les yeux au ciel puis, entendant soudain un cri déchirant derrière la porte, elle fixa Silence et demanda avec un rictus aux coins des lèvres :

— Ah non ?

Le tentacule de la créature plongea sous la peau de Steve et fourragea ses entrailles. La douleur fut telle qu'il en oublia toute autre considération. Soif de sang, vengeance, frustration… tout ça avait disparu et laissé place à une horrible souffrance. Une souffrance inimaginable. Insurmontable. Une souffrance qui mobilisait chaque seconde de son attention et dévorait tout.

— Non ! Arrête ! Arrête ! Au secours !

La créature se figea l'espace d'une seconde, comme si elle était en train de réfléchir, avant de projeter un autre de ses tentacules autour des tibias de Steve et de les briser en mille morceaux. Ce dernier hurla à nouveau, puis se mit à vomir tripes et boyaux, avant de balbutier :

— Pi… pitié, tue-moi…

La créature contempla Steve un instant, vit la profondeur de son désespoir et sembla sourire.

— Va te faire voir, trouva-t-il alors la force de murmurer avant qu'un énième tentacule ne s'engouffre dans sa gorge pour lui arracher la langue.

Quand la créature souleva finalement son corps pantelant à deux mètres au-dessus du sol, la bouche de Steve laissa échapper un gémissement sans voix.

Un gémissement muet.

Un gémissement que seul le diable pouvait entendre.

La cacophonie de supplications, de gémissements et de cris de douleur avait cessé. Mais Helena et Silence, toujours serrées l'une contre l'autre, restaient comme prostrées et n'osaient pas bouger.

— On n'entend plus rien. Il est mort, tu crois ? balbutia Silence au bout d'un moment.

Helena, qui pleurait silencieusement, hocha la tête avant de l'enfouir dans l'épaule de Silence en disant :

— Oui, et ça va être notre tour, maintenant.

— Tu plaisantes ?

— Elles ne laissent jamais de survivants. Jamais, répondit Helena en pleurnichant de plus belle.

Silence n'avait rien vu de la scène qui s'était déroulée derrière la porte, mais elle en avait entendu suffisamment pour être pétrifiée d'horreur et trembler de tous ses membres.

— *Si tu ne te calmes pas, ton cœur va finir par exploser,* l'avertit soudain la voix dans sa tête.

Silence songea que ce serait, de toute façon, un sort nettement préférable à celui que venait de subir le gros balèze.

— *Ça n'arrivera pas*, assura la voix.

— *Quoi ?*

— *Sors de cet endroit…*

Silence poussa un gros soupir. La voix disait-elle la vérité ? Ou était-ce plutôt son inconscient qui cherchait à la rassurer ? Elle n'en avait aucune idée, mais ça n'avait pas vraiment d'importance. Tout ce qui comptait maintenant, c'était de trouver le moyen de s'enfuir.

— On… on ne peut pas rester là à attendre, on doit faire quelque chose, chuchota-t-elle à Helena, qui resserra aussitôt ses bras autour d'elle.

Silence se libéra doucement de son étreinte, puis chuchota :

— Je vais jeter un œil, plaque-toi contre le mur du fond, et ne bouge pas.

Une lueur de panique s'alluma dans les yeux d'Helena.

— Non ! N'ouvre pas ! Elles vont nous voir !

Silence déglutit. Oui, c'était le risque, mais que pouvait-elle faire d'autre ? Attendre que les créatures les débusquent ? Coincées dans les toilettes, elles n'avaient aucune marge de manœuvre et allaient se retrouver complètement prises au piège si l'un de ces monstres se faufilait sous la porte ou la cloison.

— Je sais que tu as peur, j'ai peur moi aussi, mais on n'a pas le choix, répondit Silence avant d'entrouvrir la porte.

Une brume humide et étrangement tiède recouvrait la pièce et il y régnait une odeur fétide. Une odeur d'humidité et de quelque chose d'autre que Silence ne parvenait pas à identifier. Refermant doucement la porte, elle fixa le carrelage à damier ocre et marron sous ses pieds et se demanda pourquoi la brume ne l'avait pas recouvert comme le reste de la pièce et semblait s'être arrêtée juste devant leur porte.

— Il y a du brouillard partout, dit Silence.

— Je te l'avais dit. Et lui ? Steve Wilcox, tu l'as vu ?

Silence haussa les sourcils. Steve Wilcox ? Helena devait sûrement parler du gros balèze.

— Non, répondit-elle en se retenant toutefois de lui préciser qu'elle n'avait pas vraiment pris le temps de regarder partout, puis elle ajouta après une ou deux secondes : Écoute, je pense que si on fait vite et qu'on traverse la pièce discrètement sur la pointe des pieds, c'est jouable.

Helena fit les yeux ronds.

— Hein ?

— Tu n'auras qu'à te coller à moi, fermer les yeux et te laisser guider.

— Non.

Silence lui jeta un regard sévère.

— Helena, ne me force pas à te laisser toute seule ici.

— Tu… tu veux m'abandonner ?

— Non. Mais s'il faut le faire, je le ferai, ne serait-ce que pour aller chercher des secours. Alors ? Qu'est-ce que tu décides ?

Helena déglutit. Non, non, elle ne voulait pas traverser le brouillard, ça c'était certain. Mais l'idée de rester toute seule dans les toilettes à attendre la mort lui semblait un choix plus effrayant encore.

— Je viens. Mais j'espère que tu sais ce que tu fais.

« Moi aussi », songea Silence avant de la prendre par la main et d'ouvrir la porte.

Le brouillard, lui semblait-il, s'était encore épaissi et devait s'élever à bon mètre de haut. Inspirant profondément, elle serra très fort la paume d'Helena, puis commença à avancer silencieusement.

Toutes deux avaient pratiquement parcouru la moitié du chemin, lorsque Silence sentit que quelque chose ou quelqu'un les observait. C'était subtil, presque indécelable, mais il y avait bel et bien une présence autour d'elles. Comme elle n'avait envie ni d'alimenter les craintes d'Helena, ni de la voir piquer une crise d'hystérie, Silence décida d'ignorer cette sensation et de continuer à avancer.

— Doucement ! Arrête de me coller comme ça ou tu vas me faire tomber ! chuchota Silence avant de voir une créature étrange émerger tout à coup du brouillard.

Il était impossible d'en distinguer la taille ou les contours exacts et Silence n'avait aucune idée de ce qu'elle voyait. Son cerveau semblait s'être mis aux abonnés absents ou « sur pause » et refusait catégoriquement d'interpréter les images que ses yeux étaient en train de lui transmettre. Elle resta un instant sans savoir quoi faire, puis se pétrifia brusquement.

— Si… Silence ? Pourquoi est-ce qu'on n'avance plus ? Est-ce que je peux ouvrir les yeux ? demanda Helena.

— Je les garderais fermés, si j'étais à ta place.

Helena réprima un frisson en entendant sa voix. Non, ce n'était pas l'effet de son imagination, il ne s'agissait pas de la voix de Silence, elle en était certaine. Aucune fille de quinze ans ne possédait une voix aussi rauque. Une voix sortie littéralement d'outre-tombe. Se contraignant à repousser le sentiment de terreur abject qui s'emparait d'elle, Helena murmura :

— Silence ? C'est toi ?

Helena déglutit, le cœur prêt à exploser, puis ouvrit les yeux avant de laisser soudain échapper un hurlement strident.

Chapitre 27

Oriel courait d'un couloir à l'autre, le sang filant dans ses veines et la peur lui ravageant les entrailles… Silence… Silence… Il avait beau se dire qu'il n'avait vu que quelques bribes de ce qui allait se passer, qu'il était probablement encore temps d'influer sur le cours des événements – encore temps de la sauver –, il avait l'impression que son cœur était littéralement en train de se liquéfier dans sa poitrine…

— Poussez-vous ! hurla-t-il au groupe d'élèves agglutinés devant les toilettes des filles.

— Où est la directrice ? Pourquoi n'est-elle pas encore là ? s'écria une brune d'une voix hystérique.

— Plus jamais je n'entrerai là-dedans ! Non, jamais, geignit une autre.

— J'en reviens pas d'avoir vu Silence Crochemort à l'intérieur !

— Vous croyez que l'autre fille est morte ?!

— Bon sang, mais vous allez vous pousser, oui ou non ?! hurla à nouveau Oriel en écartant sans ménagement tous ceux qui se trouvaient sur son chemin.

Alertée par ses cris, une fille de sa classe lui lança d'un ton catastrophé :

— Non ! Non, n'y va pas Oriel ! Il y a du sang partout ! C'est une vraie boucherie là-dedans !

« Une boucherie ? Non ! » hurla intérieurement Oriel avant d'ouvrir la porte et de se précipiter dans les toilettes. La lumière était éteinte, la pièce se trouvait à moitié dans la pénombre, mais il remarqua presque immédiatement le corps d'une fille allongé par terre ainsi qu'un enchevêtrement de membres et de chair sanguinolente près des lavabos. Luttant pour ne pas vomir, il avança de quelques pas, avant de distinguer une silhouette familière près de la fenêtre.

— Silence ?

Comme elle ne répondait pas, il s'approcha davantage.

— Silence ? dit-il à nouveau.

Constatant qu'elle ne réagissait pas, il posa ses mains sur ses épaules et la força à se retourner pour lui faire face. Mais il avait beau chercher son regard, la fixer intensément, les yeux vides de Silence ne le regardaient pas, ou plutôt semblaient regarder à travers lui.

— Silence, tu m'entends ? demanda-t-il d'un ton inquiet.

Elle paraissait complètement en état de choc. Le ventre noué, il l'attira doucement dans ses bras et répéta en boucle, en lui caressant les cheveux :

— Je suis là, maintenant. Je suis là…

Silence entendait une voix au loin. Une voix qui s'amplifiait et résonnait dans sa tête comme un écho. Elle cligna des yeux tandis que sa conscience s'éveillait à nouveau, se remettait en route lentement. Par soubresauts, comme un vieux moteur.

Un rêve… elle avait fait un si long rêve…

Laura Hinkley termina de compléter le dossier qui se trouvait devant elle en barrant la première page d'un grand trait rouge, puis alla le ranger dans l'un des tiroirs de l'armoire métallique située non loin de son bureau. Elle venait de s'entretenir longuement avec les parents de Zoé Peters, une élève de quatrième année au parcours scolaire chaotique. Absences répétées et non justifiées, comportement outrancier, nombreuses infractions au règlement : Zoé Peters était l'archétype de l'élève à problèmes. Le genre d'élèves indésirables au sein de l'institut. Au cours de l'entretien, M. et Mme Peters avaient écouté, et fort peu parlé, puis ils étaient partis, la lettre de renvoi de leur fille entre les mains, la tête basse et les épaules rentrées, en se demandant probablement ce qu'ils allaient bien pouvoir faire de leur diablesse de fille. Ce qui – et Laura Hinkley s'en réjouissait – n'était désormais plus son problème.

— Madame la directrice ! Madame la directrice !!!

Laura Hinkley tressaillit puis tourna un visage sévère en direction de la jeune fille qui venait d'entrer intempestivement dans son bureau.

— Mademoiselle Hurst !! Avez-vous donc perdu la tête ?!

— Pardon, pardon, madame la directrice, je sais que j'aurais dû frapper avant d'entrer, mais c'est terrible ! Terrible ! Il faut que vous veniez, vite !

Laura Hinkley fronça les sourcils. La petite Lisa Hurst n'avait pas inventé la poudre et elle était particulièrement émotive. Autrement dit, elle était fort capable de faire tout ce foin pour pas grand-chose…

— Soyez un peu plus claire, je vous prie : que s'est-il passé de si « terrible » pour que vous en oubliiez vos bonnes manières ? demanda-t-elle d'un ton circonspect.

— C'est Steve Wilcox, madame… Il… il a…

Comprenant qu'elle était bien trop nerveuse et choquée pour terminer correctement sa phrase, Laura Hinkley dit d'un ton agacé :

— Qu'est-ce que monsieur Wilcox a encore fait ?

— Rien. Enfin si. Il est mort.

— Mort ?

— Oui, madame la directrice, c'est vrai, je vous l'assure.

Les yeux de Laura Hinkley se réduisirent soudain à deux fentes noires.

— J'espère pour vous qu'il ne s'agit pas d'une mauvaise plaisanterie, mademoiselle Hurst.

— Oh non, madame, non ! Je vous promets que non !

Poussée par une fascination morbide, Silence s'approcha du tas de membres et de chair sanguinolente gisant près des lavabos, puis détourna lentement le regard. Non, elle n'était pas en train de faire un cauchemar. Tout était réel, les monstres, le brouillard, le garçon réduit en charpie, Helena étendue sur le sol…

— Elle… elle est morte ? s'enquit-elle d'une voix blanche.

— Je ne sais pas, répondit Oriel.

Silence acquiesça sans rien dire, avant d'aller s'agenouiller près d'elle.

— Helena ?

Comme celle-ci ne répondait pas, Silence colla son oreille contre sa poitrine et annonça d'un ton soulagé, en levant les yeux vers Oriel :

— Elle respire.

— Alors on doit la sortir de là… Viens, on va la porter.

— Non, pas question de la déplacer avant de savoir si elle est blessée.

Oriel connaissait sa sœur, elle avait des nerfs d'acier et n'était pas du genre à céder facilement à l'affolement, mais il ne put s'empêcher d'être impressionné par la rapidité à laquelle elle semblait avoir recouvré ses esprits et prenait les choses en main.

— Il faut essayer de la faire revenir à elle d'abord, poursuivit Silence en tapotant les joues d'Helena. Réveille-toi ! Réveille-toi, Helena, allez !

Oriel secoua la tête.

— Je vais chercher de l'aide !

— Non, attends ! Ses paupières tremblent ! Regarde !

Helena ouvrit les yeux et resta un instant stupéfaite, déboussolée… complètement ébahie.

— Helena, tu m'entends ?

Voyant le visage de Silence penché juste au-dessus du sien, le cœur d'Helena s'accéléra brusquement.

— Si… Silence ?

— Oui.

— C'est toi ?

— Oui, bien sûr que c'est moi, tu ne me reconnais pas ?

Helena sembla curieusement hésiter avant de balbutier :

— Si… si…

— Comment tu te sens ? s'enquit Silence en lui souriant chaleureusement.

Sentant une violente douleur traverser son crâne, Helena grimaça en se disant que la douleur était bon signe et qu'elle prouvait qu'elle était en vie.

— J'ai… j'ai l'impression que quelqu'un est en train de me défoncer le crâne avec un gros marteau.

Silence esquissa un sourire de soulagement, puis se pencha vers elle pour tâter son cuir chevelu :

— Aïe ! Doucement ! gémit Helena.

— Tu as une grosse bosse, dit Silence. Tu as dû te cogner quelque part et perdre connaissance.

Helena se retint de répondre que c'était sûrement l'inverse : elle s'était probablement évanouie de frayeur, puis s'était cognée en tombant sur le sol.

— Tu crois que tu peux te relever ? demanda soudain Oriel.

Helena lui jeta un regard surpris, comme si elle venait seulement de remarquer sa présence, et acquiesça doucement.

— Oui, je pense.

— Attends, laisse-moi te filer un coup de main, fit Oriel avant de s'accroupir et de passer son bras sous ses aisselles pour l'aider à se mettre debout.

— Je suis contente que tu n'aies rien… enfin rien à part une grosse migraine, bien sûr, dit Silence.

Helena la dévisagea un instant en se demandant si elle jouait la comédie ou si elle était sincère. Se pouvait-il qu'elle ne se souvienne de rien ? Qu'elle ignore ce qu'il s'était passé ? Qu'elle ne sache pas combien elle l'avait terrifiée ? Et si c'était le cas, alors comment devait-elle réagir ? Devait-elle lui en parler ou au contraire faire comme si de rien n'était ?

— Merci, c'est bon maintenant, je devrais arriver à me débrouiller, fit-elle à Oriel, avant de reculer instinctivement de quelques pas.

— Attention ! s'écria Silence. Tu vas marcher dans…

Helena resta un instant la bouche béante, comme si sa mâchoire inférieure s'était décrochée, en fixant le tibia sur lequel elle venait de buter, puis, sentant un spasme soudain la parcourir, elle tourna brusquement la tête sur le côté et déversa le contenu de son estomac sur le carrelage.

Une odeur âcre mêlée à celle du sang se répandit tout à coup dans la pièce et Silence eut un haut-le-cœur.

— Désolée, balbutia Helena en essuyant sa bouche avec sa manche.

— C'est… ce n'est rien, répondit Silence d'une voix blanche, tandis qu'Oriel lançait, en retenant sa respiration : « Sortons vite d'ici ! »

Oriel, Helena et Silence manquèrent de percuter Laura Hinkley au moment où ils s'apprêtaient à franchir le seuil des toilettes. Cette dernière leur fit signe de la main de s'écarter, avança jusqu'au centre de la pièce, fixa attentivement les gouttes de sang projetées sur les murs ainsi que les morceaux de cadavre qui traînaient près du lavabo, puis grimaça de dégoût. Elle avait connu Steve Wilcox de son vivant, bien sûr, mais elle n'aurait jamais été capable, si cette sotte de Lisa Hurst nc lui avait pas dit de qui il s'agissait, de l'identifier.

— Puis-je savoir ce qu'il s'est passé ? demanda-t-elle d'un ton glacial en reportant son attention sur Silence, Oriel et Helena.

— Ici ? Vous ne préférez pas qu'on vous raconte tout ça dehors ? fit Silence en sentant un flot de bile remonter le long de sa gorge.

Si Laura Hinkley comprenait à quel point l'odeur dans la pièce était insupportable, elle tenait avant tout à interroger ces trois-là loin des oreilles indiscrètes de leurs camarades.

— Non, mademoiselle Crochemort, je ne préfère pas avoir cette conversation « dehors », répondit-elle avant de dévisager les adolescents tour à tour. Alors… qui commence ?

— Ce sont les créatures du brouillard qui ont fait ça, madame la directrice, expliqua Helena en pointant du doigt le cadavre morcelé de Steve Wilcox.

Laura Hinkley arqua un sourcil.

— Les créatures du brouillard ? En pleine journée ? Vraiment ?

— C'est la vérité, madame la directrice, je vous assure ! insista Helena avant de regarder Silence et d'ajouter : Dis-lui, Silence…

— C'est vrai, confirma cette dernière.

Laura Hinkley tourna ensuite la tête vers Oriel.

— Je n'étais pas là, répondit celui-ci. Je ne suis arrivé que quelques minutes avant vous.

— Vous n'êtes donc pas en mesure de corroborer les dires de votre sœur ou de Mlle Larson ?

Laura Hinkley ne pensait pas Helena et Silence capables d'assassiner et de démembrer une brute comme Steve Wilcox à mains nues. Non, leur histoire concernant les créatures du brouillard était parfaitement crédible : ces sales bestioles étaient la principale cause de mortalité dans cette ville, elles la rongeaient comme une véritable infection… mais il restait, malgré tout, quelques zones d'ombre à éclaircir.

— Non, répondit Oriel.

— Je ne dispose que de votre version des faits, mesdemoiselles, conclut la directrice en regardant successivement Silence puis Helena. Une version qui vous exonère de toute responsabilité dans le décès de votre camarade de classe… précisa-t-elle d'un ton insidieux.

Méfiante par nature, Silence attendit la suite et ne fut pas déçue.

— Vous comprendrez donc que je ne puis me fonder uniquement sur vos allégations sans avoir davantage d'explications. En particulier sur la raison pour laquelle M. Wilcox se trouvait ici, avec vous.

— Il est venu dans les toilettes des filles pour m'agresser, répondit Silence.

Oriel lui jeta un regard en biais. Silence avait dit cela d'une voix atone, sans montrer la moindre émotion, mais il pouvait voir, à la façon dont elle faisait pianoter ses doigts sur sa cuisse, à quel point elle était nerveuse et combien toute cette scène avait dû l'affecter…

— Pour vous agresser, c'est-à-dire ? demanda Laura Hinkley.

Silence, consciente qu'impliquer Nathan et la fille de sa classe dans l'histoire risquait de tout compliquer, répondit laconiquement :

— Il a débarqué ici en m'insultant et en me menaçant… Ensuite, il a sorti un couteau, alors je suis vite allée m'enfermer dans les toilettes.

— C'est vrai, madame, j'étais en train de faire pipi et j'ai tout entendu, confirma Helena. Il tapait sur la porte des toilettes où était Silence en hurlant qu'il voulait « la crever, l'écorcher vive, l'éventrer »...

Laura Hinkley poussa un soupir. Elle était au fait, et depuis longtemps, du comportement violent de Steve Wilcox et avait reçu de nombreuses plaintes à son sujet, mais pour une raison qui lui échappait, le conseil d'administration de l'institut s'était toujours fermement opposé à son renvoi.

— Et ensuite ?

— Ensuite j'ai vu le brouillard s'infiltrer sous la porte de la cabine où je me trouvais, alors j'ai escaladé la cloison répondit Helena.

— Le brouillard est arrivé, comme ça ? D'un coup ?

— Oui, madame... par les tuyaux des lavabos... enfin je crois, déclara Helena.

— Très bien, poursuivez...

— Euh... un peu après, j'ai entendu Steve Wilcox pleurer et crier qu'il avait mal, qu'elle devait arrêter, qu'il n'en pouvait plus et que...

— ... ça va, ça va, mademoiselle Larson, je crois avoir saisi, inutile de continuer.

Laura Hinkley n'était pas naïve. Elle savait qu'il ne faudrait pas plus de quelques heures pour que la rumeur de l'attaque se répande dans toute la ville et qu'elle ne cause une vague de panique chez les parents d'élèves. Mais si la situation était sérieuse, elle l'était moins que si elle avait concerné un autre élève que Steve, un élève avec des parents influents, susceptibles de réclamer des comptes à l'institut et de lui créer de graves ennuis.

— J'imagine que vous avez dû avoir très peur, fit Laura Hinkley en regardant Helena et Silence d'un air faussement compatissant, alors qu'avez-vous fait après cela ?

— Après cela ? Eh bien, après cela, Steve Wilcox est mort, répondit Silence.

— À l'évidence, mademoiselle Crochemort, à l'évidence… Mais ce que je voudrais savoir, c'est comment vous vous y êtes prises pour échapper à ces créatures ?

Silence réfléchit, puis haussa les épaules.

— Aucune idée.

Laura Hinkley leva un sourcil.

— Pardon ?

— Je me souviens être sortie des toilettes et puis après, plus rien.

— Et vous, mademoiselle Larson ? demanda ensuite la directrice.

— Je l'ignore, mentit Helena. Je… je me suis évanouie.

En réalité, ce n'était pas vraiment un mensonge : Helena avait effectivement perdu connaissance. Elle omettait simplement de préciser que son évanouissement n'était pas dû aux créatures ou au brouillard, mais à quelque chose d'autre. Quelque chose de plus effrayant encore…

— Si je comprends bien, aucune de vous ne se rappelle de quoi que ce soit ? demanda Laura Hinkley d'un ton qui indiquait clairement qu'elle n'en croyait pas un mot.

— Non, madame la directrice, répondirent en chœur Silence et Helena.

— Vous vous moquez de moi ? Pensez-vous sérieusement que je vais me contenter de cette explication ?!

— Il le faudra bien, madame, parce que c'est la seule que nous ayons, répondit Silence.

Laura Hinkley plissa les yeux. Ces deux-là cachaient quelque chose, elle en était certaine, mais quoi ? Silence Crochemort ne parlerait pas, elle le savait, cette fille avait continuellement une lueur de défi dans le regard qui vous donnait envie de la gifler, mais aussi quelque chose en plus… quelque chose qui disait qu'elle possédait une volonté de fer, une volonté difficile à briser. Quant à Helena Larson… c'était une gamine manipulatrice et maligne qui savait jouer les jeunes filles innocentes et candides à la perfection, et qui parvenait toujours à retourner n'importe quelle situation en sa faveur…

— Soit, j'imagine que cette perte de mémoire est due au choc, nous allons donc en rester là pour le moment… Mais sachez que je compte bien avoir le fin mot de cette histoire une fois que vous aurez complètement recouvré vos esprits, est-ce que je me fais bien comprendre ?

Silence et Helena acquiescèrent sans ressentir le moindre soulagement tant elles sentaient de menaces informulées flotter dans l'air.

— Monsieur Crochemort, veuillez avoir l'obligeance d'accompagner votre sœur et Mlle Larson jusqu'à l'infirmerie, ajouta ensuite sèchement Laura Hinkley.

Oriel hocha aussitôt la tête.

— Oui, madame la directrice.

Chapitre 28

Mme Millard, l'infirmière de l'institut, avait examiné Helena en lui demandant si elle avait des nausées ou des troubles de la vision, et comme cette dernière avait répondu négativement, l'infirmière l'avait tout de suite rassurée en lui indiquant qu'il ne devait pas y avoir de traumatisme crânien et qu'elle allait juste écoper d'une grosse bosse. Puis, à la grande surprise d'Oriel, Silence et Helena, elle avait ensuite décrété qu'il était l'heure de sa pause et avait aussitôt quitté l'infirmerie en disant qu'elle examinerait Silence à son retour.

— Je ne vois vraiment pas l'intérêt de rester là, soupira Silence au bout de quelques minutes. Je ne suis même pas blessée.

— Certains chocs émotionnels peuvent être aussi violents qu'une blessure, objecta Oriel.

De quel choc émotionnel parlait-il ? De celui qu'elle avait ressenti face à cette graine de meurtrier de Steve Wilcox ou de celui qu'elle avait eu devant la créature ? Non, parce que l'un comme l'autre lui procurait l'impression d'être l'héroïne d'un film minable de série B. Un pseudo film d'horreur comme ceux que les amis de son frère regardaient le samedi soir, avachis devant la télé.

— Je vais bien, dit Silence, je te le promets.

— Oh mais oui, très bien, tu viens juste d'échapper à une tentative de meurtre et à une bande de monstres… C'est vrai qu'il n'y a pas de quoi fouetter un chat, persifla Oriel.

Silence secoua la tête en voyant soudain le visage d'Helena s'assombrir.

— Ça va, Helena ? Tu tiens le coup ? lui demanda-t-elle.

— Oui, je… je crois que je commence seulement à réaliser, répondit celle-ci d'une petite voix.

Silence lui sourit gentiment.

— Je comprends, c'est…

Elle s'interrompit en entendant la porte s'ouvrir et quelqu'un entrer dans l'infirmerie comme une tornade.

— Helena !

— Azriel ? fit celle-ci.

Azriel combla l'espace qui le séparait de sa sœur en un clin d'œil et l'étreignit si fort qu'elle en eut le souffle coupé.

— Tu... tu vas bien ? Tu n'es pas blessée ? fit-il d'un ton anxieux, en s'écartant d'elle pour l'examiner.

— Non, je... j'ai juste mal à la tête, bredouilla Helena.

— Si tu cherches à me faire mourir d'une crise cardiaque, continue comme ça... Petite peste, tu imagines à quel point tu m'as fait peur ?!

Helena le dévisagea, hocha la tête, puis explosa brutalement en sanglots.

— Oh Azriel... En fait c'était horrible... Il y avait du sang partout ! Et aussi...

— Eh... tout va bien, tu es en sécurité maintenant, d'accord ? fit-il en la serrant contre lui.

Silence et Oriel, qui avaient assisté discrètement à la scène, échangèrent un regard. Helena s'était montrée particulièrement courageuse pour une fille de son âge, et ils étaient même étonnés qu'elle n'ait pas craqué plus tôt.

— Ce sont les nerfs qui lâchent… Ne t'inquiète pas, c'est normal, dit Oriel.

— Oui, ça m'arrive à moi aussi, dit Silence avant d'ajouter avec un petit rictus : Mais le plus souvent, c'est mon frère qui pleure dans mes bras.

Azriel serra longuement Helena contre lui, le temps qu'elle se calme, puis une fois ses pleurs essuyés, il tourna la tête vers Silence et lui demanda de lui narrer l'attaque sans omettre aucun détail, ce qu'elle fit sans se faire prier.

— Vous avez eu énormément de chance, toutes les deux, remarqua Azriel une fois qu'elle eut terminé.

Cette dernière acquiesça.

— Mais j'avoue que je n'arrive pas à croire que Nathan ait fait une chose pareille ! ajouta-t-il en secouant la tête.

Silence le dévisagea.

— Sérieusement ? C'est la seule chose qui te choque dans tout ça ?

— Je ne sais pas, répondit Azriel, je ne m'attendais pas à ce que Steve Wilcox aille aussi loin, c'est sûr, mais…

— Aille aussi loin ? Tu m'étonnes ! Il a essayé de me tuer !! s'exclama Silence.

D'accord, elle était peut-être un peu trop émotive, mais c'était la première fois qu'une telle chose lui arrivait. La première fois qu'elle se sentait aussi démunie et surtout aussi perdue. Ça pouvait paraître absurde, bien sûr, et elle aurait sans doute du mal à justifier ses pensées de manière cohérente, mais elle était bien plus choquée par l'attitude de Steve Wilcox que par le fait de découvrir que les créatures du brouillard existaient réellement et que toute la ville semblait être au courant.

— J'en suis conscient, crois-moi, répondit Azriel d'un ton embarrassé.

— Ah oui ? aboya Silence. Tu imagines la haine qu'il faut ressentir envers quelqu'un pour faire un truc pareil ?

Azriel haussa les épaules.

— Steve Wilcox était juste dingue...

— Pourquoi ? Il a déjà tenté d'assassiner d'autres élèves avant moi ?

— Non, reconnut Azriel, mais...

— Mais quoi ? J'ai vu la façon dont les gens me regardent... la façon dont ils me traitent, tu sais ? Ce n'est pas simplement lui, c'est tout le monde...

Oriel devait bien avouer que Silence n'avait pas complètement tort. Il ne savait pas comment elle s'y prenait, mais elle déclenchait une vague d'hostilité partout où elle allait... comme dans le magasin, avec cette vieille femme qui lui avait dit qu'elle n'avait pas sa place dans ce monde, avec Mme Mills, la gouvernante qui lui faisait souvent des remarques désobligeantes, ou même avec leurs grands-parents qui la traitaient comme une pestiférée, une moins que rien, un caillou dans leur chaussure...

— Silence, tu ne t'es jamais vraiment préoccupée de l'opinion que les autres avaient de toi jusqu'à présent, remarqua Oriel, et ça ne t'a jamais posé de problème, alors...

— Cette fois, c'est plus que ça. Plus que quelques personnes qui te rejettent pour de mauvaises raisons, et que tu t'efforces d'ignorer. Là... c'est... je ne sais pas, c'est comme s'ils savaient quelque chose d'autre, quelque chose que j'aurais fait et dont je n'ai pas conscience, quelque chose d'assez grave pour donner à des gens comme Nathan ou ce gros timbré de Wilcox l'envie de me tuer, expliqua-t-elle.

Elle reporta ensuite son attention sur Azriel et lui demanda :

— Dis, Azriel, ça ne te tenterait pas de me dire la vérité, juste une fois ? Il se passe quoi ici exactement ?

Ce dernier parut hésiter puis répondit finalement :

— Désolé, mais je ne comprends pas…

Silence laissa soudain échapper un petit rire nerveux.

— Ah non ? Eh bien, tu sais quoi ? Moi non plus, je ne comprends pas… Je ne comprends pas pourquoi tout le monde me déteste, pourquoi ton copain Nathan et cette fille m'ont accusée d'avoir tué des gens, je ne comprends pas pourquoi Steve Wilcox a essayé de me tuer et surtout… surtout, je ne comprends pas pourquoi tout le monde a l'air de trouver cette histoire de brouillard et de monstres parfaitement normale !

Oriel grimaça en entendant la voix de sa sœur monter peu à peu dans les aigus. Silence se contrôlait plutôt bien en général, mais il lui arrivait parfois, en cas de grosse accumulation de stress, de perdre subitement son calme et d'exploser d'un seul coup. Sa voix devenait alors sifflante juste avant qu'elle n'éclate, comme le son d'une cocotte-minute qui relâcherait soudain un trop-plein de vapeur…

— Silence, ça va ? demanda Oriel.

Silence secoua la tête. Non. Non, ça n'allait pas. Pas seulement parce que le monde tel qu'elle le connaissait, ou plutôt, tel qu'elle pensait le connaître, avait totalement disparu pour être remplacé par une espèce d'endroit bizarre rempli de manoirs hantés, de brume et de créatures étranges, mais à cause des mensonges, des non-dits…

— Non ! Bien sûr que non ! hurla-t-elle. C'est complètement idiot comme question, et je ne sais même pas comment tu…

Elle s'interrompit soudain en ouvrant la bouche et en la fermant plusieurs fois très vite comme si quelque chose était coincé dans sa gorge ou qu'elle faisait une crise d'apoplexie.

— Respire, dit doucement Oriel.

Silence le regarda.

— Calme-toi et respire, répéta-t-il.

— Tu veux que j'appelle l'infirmière ? demanda Azriel.

— Non, ça lui arrive parfois, quand elle est très énervée ! Ce n'est rien, ça va passer, le rassura aussitôt Oriel.

Silence inspira et expira plusieurs fois, puis, une fois qu'elle se fut calmée, elle mitrailla tout le monde du regard et partit sans dire un mot en claquant violemment la porte.

— Wouah… réagit Azriel. Elle ne pleure peut-être pas comme Helena, mais quand elle craque…

— … elle pique de vraies crises de colère ? Oh oui, confirma Oriel avant de s'élancer à la poursuite de sa sœur.

Azriel le regarda disparaître et esquissa un sourire.

— Pas de doute : c'est bien une Crochemort.

Reginald Crochemort faisait les cent pas dans le salon comme un lion en cage depuis dix bonnes minutes, en laissant de temps en temps un grommellement s'échapper de sa bouche.

— Cessez donc de vous agiter, mon ami, ça ne sert strictement à rien, soupira Mary-Elizabeth.

— Ce sale morveux a essayé de s'en prendre à un membre de ma famille, à l'un des nôtres ! Non de non, si le brouillard ne lui avait pas déjà fait son affaire, je vous jure que j'aurais démembré ce jeune crétin de mes propres mains !!! Et cette dinde de Hinkley qui m'annonce ça comme si de rien n'était ! Je vais m'occuper personnellement de son cas, à elle aussi !

— Doucement, doucement, Reginald… Vous allez encore faire monter votre tension. Il est vrai que cette pauvre Laura a manqué de jugeote, mais n'oubliez pas qu'il ne s'agit que de Silence et non d'Oriel, fit-elle en se levant de son fauteuil.

— Peu importe, c'est une question de principe ! rugit-il. Silence est sous ma protection ! Ma protection !

— Une protection dont elle ne semble pas avoir besoin, remarqua-t-elle d'un ton étrange.

Reginald fronça les sourcils.

— Qu'insinuez-vous exactement, Mary-Elizabeth ?

— Rien, je fais un constat et je me demande si Silence n'aurait pas une part de responsabilité dans le décès de ce garçon…

— Ne soyez pas ridicule. Elle n'a rien à voir là-dedans. Ce sont les créatures de la brume qui l'ont tué.

— En pleine journée ? Vous ne trouvez pas ça curieux ? Avouez que c'est une coïncidence troublante et qui mérite qu'on y réfléchisse.

— Qu'on réfléchisse à quoi, exactement ?

— Eh bien, si ce garçon a été effectivement victime du brouillard, et que Silence se trouvait avec lui au moment de l'attaque, il est possible, je dis bien possible, que ce soit elle et non lui la véritable cible des « créatures », et qu'il n'ait été qu'une victime collatérale… auquel cas, ce serait un signe.

— Un signe ?

— Oui, le signe qu'Il la veut et qu'Il réclame son dû.

Reginald la dévisagea, puis s'esclaffa.

— Ma pauvre Elizabeth, la manière dont fonctionne votre tortueux cerveau ne cessera jamais de m'étonner. Il est comme un moteur qu'on aurait démonté, puis remonté à l'envers.

— Je ne vous permets pas, Reginald…

Ce dernier eut un sourire étrange.

— Ça fait deux fois.

Mary-Elizabeth lui jeta un regard perplexe.

— « Deux fois » que quoi ?

— Que Silence est confrontée au brouillard et qu'elle s'en sort indemne.

Mary-Elizabeth haussa les sourcils.

— Et ?

— Et ces créatures n'ont jamais épargné personne jusqu'ici, et vous le savez parfaitement.

— Si… il me semble pourtant qu'Oriel et la petite Helena Larson ont survécu à…

— Et à chaque fois, Silence était avec eux. Or, je doute que ce soit une simple coïncidence.

Les yeux de Mary-Elizabeth s'arrondirent soudain comme des soucoupes.

— Reginald, vous n'insinuez tout de même pas que… ? Non, non, franchement, c'est impossible…

— Archibald le possédait. Il possédait ce don, affirma-t-il.

— Oui, mais Archibald était… enfin… vous savez bien… non ?

Reginald Crochemort acquiesça lentement.

— Justement. Je vais téléphoner à Wingham pour lui ordonner d'approfondir son enquête sur Silence et lui demander s'il s'est produit des choses étranges dans sa vie, dans son entourage, et surtout ce qu'il s'est passé après l'accident. Je dois en avoir le cœur net avant de prendre la moindre décision…

Mary-Elizabeth haussa les épaules puis quitta la pièce en disant :

— Soit, mais attendez-vous à connaître une grave désillusion.

— Silence avait l'air vraiment fâchée en partant tout à l'heure, remarqua Helena d'un ton songeur en traversant le hall d'entrée de l'institut.

— Je pense qu'elle était plus perturbée que véritablement fâchée, répondit Azriel.

— Tu crois que ça va aller ?

Azriel réfléchit sérieusement à la question. Silence n'était pas comme eux. Elle n'était pas née dans ce marasme. Elle ne s'était pas encore habituée à l'horreur ni à toutes les choses étranges qui se produisaient à Whisper Town, mais elle était forte et il la pensait tout à fait capable de s'adapter et de surmonter n'importe quelle épreuve.

— Je l'espère.

— Tu ne la détestes pas, pas vrai ? devina Helena, tandis qu'ils rejoignaient le parking.

Azriel inspira profondément et chercha un moyen de mettre des mots sur ce qu'il ressentait. Il la trouvait jolie, bien sûr, et drôle et brillante, mais…

— Non. Non, je ne la déteste pas.

— Moi non plus, mais…

— Mais quoi ?

— Il y a quelque chose qu'il faut que je te dise.

— Vas-y.

— Je… je crois qu'elle est… différente.

— Différente ?

Helena hésita à répondre. D'un côté, elle voulait avertir Azriel qu'il devait absolument garder ses distances avec Silence, mais de l'autre, elle ne voulait surtout pas causer d'ennuis à cette dernière.

— Je veux dire…

Elle était en train de chercher ses mots, lorsqu'elle fut soudain interrompue par l'arrivée intempestive de Nathan.

— Azriel ! Je viens d'apprendre pour Helena… (Il jeta un regard dans sa direction, puis avança vers elle.) Comment vas-tu, Helena ? Ma puce, j'ignorais que tu étais dans les toilettes, je te le jure ! Je croyais qu'il n'y avait que Silence Crochemort et…

— C'est vrai que présenté comme ça, c'est nettement mieux, persifla Azriel.

Nathan songea un bref instant à se dédouaner, à répondre que c'était uniquement la faute de Steve Wilcox, que c'était lui qui avait tout fait et décidé de tuer Silence Crochemort, et que lui-même n'y était pour rien dans tout ça, qu'il n'était pas responsable des agissements de ce malade, mais il connaissait suffisamment Azriel pour savoir qu'il ne se laisserait pas avoir par de si pitoyables excuses…

— D'accord, d'accord, j'ai eu tort… Mais qu'est-ce que ça aurait changé si Steve Wilcox avait tué Silence Crochemort ? Rien du tout… Parce que les fêtes de Mabon approchent et que ça ne peut que se terminer comme ça, de toute façon.

Azriel fronça les sourcils.

— Non. Il est trop tard pour ça. Neuf ans trop tard…

— Ce n'est pas ce que les gens disent, répliqua Nathan.

— Eh bien, ils ont tort.

— Peut-être que oui, peut-être que non, répondit Nathan en s'éloignant de quelques pas. Mais j'éviterais quand même de trop m'attacher à elle, si j'étais toi…

Chapitre 29

La colère n'était pas un sentiment des plus agréables, mais elle évitait l'état de choc ou la peur. Et maintenant que Silence s'était enfin calmée et qu'elle avait les idées un peu plus claires, elle n'avait qu'une envie : se rouler en position fœtale quelque part et rester là sans bouger, ce qu'elle aurait probablement déjà fait si elle n'avait pas eu les élèves de l'institut pour public.

— Silence ?

Oriel l'avait rejointe au fond de la cour qui se trouvait à l'arrière du bâtiment, et paraissait essoufflé.

— Quoi ? demanda-t-elle, agacée.

— Je voulais juste savoir comment tu te sentais et si tu n'avais tabassé personne…

— Non, mais je ne peux pas te promettre que ça ne va pas arriver.

Oriel la dévisagea. Sa colère avait en grande partie disparu, mais son regard était toujours hanté par ce qu'il venait de se passer.

— C'est bien ! J'aime que tu gardes l'esprit ouvert, plaisanta-t-il.

— Crochemort ?!

La voix leur fit tourner la tête vers le grand garçon aux cheveux châtains qui les interpellait à quelques mètres de là, à grand renfort de gestes.

— Oui ? demanda Oriel.

— La directrice m'envoie vous dire que votre chauffeur vous attend sur le parking, grimaça-t-il dédaigneusement avant de leur tourner le dos et de s'éloigner.

— Chaleureux ce garçon… On devrait l'inviter pour notre anniversaire, persifla Silence.

— Oui, comme ça, tu ne seras plus la seule à plomber l'ambiance, plaisanta Oriel, avant d'ajouter : Bien, au moins cette histoire va nous permettre de sécher le reste des cours.

— C'est ta façon de me consoler ? demanda-t-elle tandis qu'ils se dirigeaient vers le parking.

— Non, si j'essayais de te consoler, je te dirais qu'il faut voir le bon côté des choses, que tu es vivante et que c'est cool que les monstres ne t'aient pas tuée.

Franck Barnett patientait. Il était venu chercher Silence et Oriel deux heures avant l'horaire prévu. Entre les grognements de Reginald Crochemort et la fébrilité avec laquelle Praxton lui avait donné l'ordre d'aller chercher immédiatement les jumeaux, Franck devinait qu'il avait dû se passer quelque chose de grave. D'assez grave, en tout cas, pour que Reginald Crochemort pique une crise et hurle que des têtes allaient tomber.

— Ravi de vous revoir si tôt, monsieur Barnett, dit Oriel tandis que Silence, qui avait elle-même ouvert sa portière, se glissait sur la banquette arrière sans dire un mot.

— Bonjour, répondit celui-ci avant de s'installer derrière le volant.

L'ambiance dans la voiture était sinistre et les visages des jumeaux fermés. Signes évidents que l'intuition de Franck était juste.

— Monsieur Barnett, savez-vous où on pourrait trouver un téléphone, dans le coin ? demanda Oriel.

Le chauffeur poussa un soupir. Ni Oriel ni Silence ne semblaient avoir encore vu cette ville pour ce qu'elle était : une prison. Une prison possédant des barreaux invisibles, une promenade gigantesque, de grandes cellules ressemblant à des appartements et des maisons, mais une prison tout de même.

— Il y en a un dans le bureau de M. Crochemort…

Oriel ne put réprimer une grimace. La porte du bureau de Reginald Crochemort était toujours fermée à clé et ce dernier leur avait précisé, à Silence et à lui, peu de temps après leur arrivée, qu'ils n'avaient pas le droit d'y entrer.

— … ainsi que dans le couloir près des cuisines, poursuivit Franck Barnett, mais il faut que vous sachiez qu'il s'agit d'un réseau téléphonique strictement local et qu'il n'est pas relié au réseau national.

— Vous êtes en train de me dire qu'on ne peut pas appeler les gens qui vivent à l'extérieur de Whisper Town ?

— En effet, monsieur Crochemort. C'est cela.

Oriel fronça les sourcils. Pas de wifi, pas de portable… et maintenant qu'il avait vérifié : pas de téléphone filaire.

— Et je suppose qu'il n'y a pas de radio non plus ? s'enquit-il par acquit de conscience.

— Si, mais uniquement à ondes courtes, voire très courtes, répondit Franck Barnett tandis qu'ils remontaient l'allée de la propriété.

En rentrant au manoir, Silence et Oriel avertirent le majordome, Praxton, qu'ils avaient l'intention de passer la soirée dans leur chambre et qu'ils ne seraient donc pas présents au dîner. Puis ils étaient montés au premier étage sous le regard désapprobateur de Mme Mills, qui voyait dans cette décision, qui allait probablement contrarier aussi bien ses maîtres que la cuisinière, la manifestation évidente d'une éducation trop permissive.

— Qui comptais-tu appeler ? questionna Silence en se laissant tomber sur le lit.

— Mon ami Will... Je voulais qu'il demande à son grand frère Terry de venir nous chercher.

— L'essence coûte cher et la famille de Will n'est pas très riche, remarqua Silence.

— Je lui aurais proposé de le rembourser, bien sûr, après avoir trouvé un petit boulot...

Silence opina. Son frère semblait plus que jamais décidé à quitter au plus vite le manoir et Whisper Town. Et elle se sentait, elle aussi, prête à marcher jusqu'à parfait épuisement et même à ramper s'il le fallait, pour pouvoir s'enfuir de cette ville de fous.

— Tu as remarqué que M. Barnett laisse toujours les clés sur le contact quand il gare la voiture sous le porche ? lança tout à coup Silence.

— Euh… non…

Silence regarda attentivement son frère, puis dit :

— M. Evans t'a donné des leçons de conduite, non ?

Oriel acquiesça. Comme il allait bientôt être en âge de passer son permis, M. Evans avait effectivement décidé de lui donner des cours en lui disant que ça lui permettrait d'économiser de l'argent sur les leçons.

— Oui, sur les chemins de terre autour des champs ou sur les petites routes désertes, mais…

Il s'interrompit soudain et dit d'un ton qui ressemblait plus à une affirmation qu'à une véritable question :

— Tu veux qu'on vole la voiture des Crochemort, c'est ça ?

Silence acquiesça et Oriel fronça les sourcils. Connaissant sa droiture et le respect viscéral que sa sœur avait envers la loi, c'était une surprise, certes, mais ça montrait surtout combien elle devait être à bout pour prendre le risque de voir ses futures brillantes études compromises par une arrestation et une condamnation pour vol.

— Tu es sûre de toi ? demanda-t-il.

— Et toi ? Tu penses que ça peut marcher ? Que tu parviendras à la conduire ?

Oriel songea l'espace d'un instant qu'il n'aurait ni GPS, ni carte routière pour le guider et qu'il ignorait combien d'essence il restait dans le réservoir, puis il s'entendit répondre :

— Ça devrait être faisable.

Reginald Crochemort relut avec attention le sermon qu'il comptait prononcer devant les fidèles et hocha la tête d'un air satisfait. Oui, celui-ci était de nature à contenter les dévots et à raviver la foi vacillante des plus faibles. De nature à ramener tous les agneaux à la bergerie. Puis il leva lentement la tête vers son majordome, qui patientait devant son bureau.

— Oui, Praxton ?

— Je suis venu vous avertir que miss Silence et M. Oriel m'ont informé qu'ils ne comptaient pas dîner ce soir, monsieur.

Reginald fronça les sourcils. Il était conscient, évidemment qu'après ce qu'il venait de se passer à l'institut, les enfants devaient se poser bon nombre de questions. Questions auxquelles il allait bien falloir répondre à un moment ou à un autre.

— Comment se portent-ils ? Vous ont-ils paru troublés ?

Praxon réfléchit, puis dit :

— C'est mon impression, monsieur.

— En ce cas, je suppose qu'une conversation s'impose, soupira Reginald avant d'ajouter : Allez chercher mes petits-enfants et amenez-les-moi ici, Praxton.

— Bien, monsieur, répondit le majordome en sortant discrètement.

Oriel et Silence se demandaient ce que pouvait bien leur vouloir leur grand-père. Ce dernier n'avait pas cherché, du moins jusqu'à présent, à avoir de réelles conversations avec eux, et s'était toujours débrouillé pour éluder avec brio la plupart des questions qu'ils lui posaient.

— Entrez ! Asseyez-vous, je suis à vous dans une minute, ordonna Reginald sans lever les yeux.

Les jumeaux obtempérèrent, s'installèrent dans les fauteuils, puis promenèrent leur regard sur le mur en face d'eux et les gravures anciennes qui le recouvraient presque en totalité. L'une d'elles, la plus grande, représentait un groupe d'hommes et de femmes agenouillés devant une créature avec des cornes incurvées au sommet du crâne, des écailles recouvrant ses avant-bras, une queue et des yeux effrayants... Une autre montrait des gens malades, défigurés par d'horribles lésions en train de prier, une autre encore représentait un pasteur tenant un serpent en guise de canne, guidant les fidèles...

Donnant un discret coup de coude à Silence, Oriel attira son attention sur un parchemin soigneusement encadré où on pouvait lire :

« Apparut, incandescent, dévastateur, le maître des hordes infernales, le Dieu d'obsidienne,

Sur nous, il posa ses prunelles couleur du soleil couchant, son sourire plus glorieux que mille étoiles,

Un seul regard sur son être dévoilé, les esclaves de Bélial, nous devînmes à jamais. »

— Bien, commença tout à coup Reginald Crochemort en reposant le stylo qu'il tenait dans la main, avant de lever les yeux vers les jumeaux et de leur annoncer d'un ton mi-satisfait, mi-solennel : J'ai été informé de ce qu'il s'est passé à l'institut aujourd'hui, et je veux que vous sachiez que j'ai aussitôt contacté Mme Hinkley, qui m'a assuré qu'elle veillerait personnellement à ce que cela ne se reproduise plus. Nous pouvons donc considérer ce petit incident comme définitivement réglé.

Les jumeaux échangèrent un regard consterné et il y eut quelques secondes de flottement avant que Silence ne demande soudain :

— Qu'est-ce qui ne se reproduira plus, monsieur Crochemort ?

Reginald haussa les sourcils.

— Pardon ?

— Je cherche juste à savoir si vous faites allusion au garçon qui a tenté de me tuer ou à l'invasion de monstres dans les toilettes, expliqua-t-elle.

Reginald dévisagea Silence et, ne trouvant aucune malice dans son expression, il répondit avec un petit rire forcé :

— Eh bien, je parlais du premier incident. Mme Hinkley n'est malheureusement pas en mesure de contrôler le brouillard, comme tu peux aisément le deviner.

— Le deviner ? Et comment ? J'ignore tout du brouillard ou de ces créatures, monsieur Crochemort. D'ailleurs, puisqu'on en parle, pourquoi attaquent-elles les gens ?

Reginald la regarda comme s'il cherchait une réponse à un problème difficile, puis dit :

— Parce qu'elles le peuvent, j'imagine.

Oriel fronça les sourcils.

— Et serait-il indiscret de vous demander comment les autorités envisagent de résoudre ce problème ? Le maire ou la police comptent-ils faire appel à l'armée ou à la garde nationale ?

— Comme je vous l'ai déjà expliqué à ta sœur et à toi, cette ville est parfaitement autonome et elle met un point d'honneur à gérer seule ses problèmes, Oriel, répondit Reginald avant de reporter son attention sur Silence : Quant à toi, jeune fille, je sais que tu as dû vivre des moments éprouvants, mais je gage que tu te sentiras très vite mieux et que tout rentrera dans l'ordre d'ici peu. Nous sommes d'accord ? fit-il d'un ton que Silence pouvait interpréter au mieux comme un ordre, au pire comme une menace.

— Oui, monsieur Crochemort, répondit-elle d'un air faussement docile.

— Parfait. J'ai encore du travail, vous pouvez donc disposer, déclara Reginald.

Puis il se leva subitement de sa chaise, contourna son bureau, et posa une main sur l'épaule d'Oriel en disant :

— Viens me voir seul, demain après les cours, il y a un endroit que je souhaiterais te montrer.

Oriel tressaillit en sentant le pouce de son grand-père effleurer incidemment son cou, puis se figea brusquement. Flash. Des cierges et de l'encens brûlant dans une immense salle voûtée et d'étranges chants ressemblant à des chants d'église résonnant contre les murs. Flash. Reginald Crochemort, vêtu d'une sorte de robe de moine, en train de psalmodier en se berçant d'avant en arrière, un étrange grimoire entre les mains. Flash. Une foule de gens encapuchonnés portant de longues capes noires priant au milieu de nuages de fumigation.

— Oriel ! Tout va bien, mon garçon ?

— Oui, oui… répondit ce dernier, le regard brumeux. Je crois que j'ai juste la tête qui tourne un peu.

— Tu veux que je demande à Mme Mills de te faire préparer un en-cas ? proposa Reginald d'un ton inquiet.

— Non, non, ça va aller, merci, bredouilla Oriel.

— Je vais m'occuper de lui, monsieur Crochemort, ne vous inquiétez pas, déclara Silence avant de passer son bras sous celui de son frère et de l'entraîner hors de la pièce.

— Tu as eu une vision, c'est ça ? demanda Silence, une fois qu'Oriel et elle eurent regagné leur chambre.

Ce dernier la dévisagea sans répondre. Maintenant que Silence croyait enfin en son don, en ses visions, il ne voulait surtout pas risquer de perdre sa confiance en lui racontant ce qu'il avait vu... Non, c'était trop délirant, trop invraisemblable, trop étrange, trop...

— Eh ! Je te parle ! Qu'est-ce que tu as vu ? insista Silence en haussant le ton.

Oriel détourna le regard.

— Je ne suis pas sûr... Ça n'avait pas vraiment de sens...

— Dis toujours...

Poussant un soupir, Oriel s'assit sur le bord de son lit et répondit :

— J'ai vu des gens qui portaient de longues capes noires avec des capuches et puis grand-père...

qui récitait des prières en se balançant… Je te le dis, c'était vraiment bizarre…

Silence haussa les sourcils.

— Tu parles de longues capes noires comme celles qui sont sur la fresque de l'institut ? Celle où il y a la croix inversée ?

— Ah ? Il y a une croix inversée ? Je n'ai pas fait attention, mais c'est vrai qu'elle est glauque, cette peinture… presque aussi glauque que les gravures accrochées dans le bureau de grand-père. Franchement, tous ces gens défigurés par la peste, et puis ce démon, c'est quand même un peu…

Silence fronça les sourcils.

— Stop ! Tu as bien dit « défigurés par la peste » ? Oh, non ! Dire que je n'avais pas fait le lien ! s'exclama-t-elle comme si elle venait d'avoir un déclic.

— Quel lien ? De quoi tu parles ?

— Je parle d'Archibald Crochemort et de sa congrégation. Ce sont eux qui sont représentés sur les gravures dans le bureau de Reginald… C'est leur histoire !

Oriel lui jeta un regard sceptique.

— Si c'était vrai, je ne vois pas ce qu'un démon viendrait faire là-dedans.

Silence réfléchit.

— C'est peut-être une allégorie. Le démon symboliserait dans ce cas la maladie, la peur, ou même la mort…

— *Ha ha ha !!!* s'esclaffa soudain la voix dans sa tête. *Pourquoi faire simple quand on peut faire compliqué ?*

— *Je ne vois pas ce qui te fait rire,* grommela Silence.

— *Toi, ma petite, c'est toi qui me fais rire !*

— « Allégorie » ou pas, dit Oriel, ça n'explique toujours pas mes visions sur grand-père et les autres… D'autant que la religion, les prières et tout ça, ça n'a vraiment pas l'air d'être leur truc, dans le coin.

Silence tressaillit. Son frère avait raison. Il n'y avait ni église, ni temple, ni mosquée, ni aucun édifice religieux d'aucune sorte à Whisper Town. Qu'avait dit M. Barnett, déjà ? Ah oui, il avait dit que les habitants n'avaient pas les mêmes croyances que tout le monde…

— Je me demande… tu crois qu'il serait possible que grand-père et les gens que tu as vus dans ta vision fassent partie d'une secte religieuse secrète ?

— Euh… Je t'avoue que je ne l'imagine pas vraiment s'embarquer là-dedans, mais pourquoi pas ? Les habitants de cette ville sont tellement bizarres, de toute manière… « Nous savons gérer seuls nos problèmes », pff… tu parles ! Non mais franchement, tu connais beaucoup de gens, toi, qui n'ameuteraient pas le monde entier si des monstres envahissaient leur ville ? ricana-t-il.

Silence prit un temps de réflexion et secoua la tête. Non, elle ne connaissait pas de gens comme ça, pas de gens qui vivaient en reclus, pas de gens qui ne quittaient jamais leur ville, pas de gens qui n'utilisaient pas Internet ou…

— Qu'est-ce qu'il te prend ? Ça ne va pas ? demanda Oriel en voyant sa sœur se pétrifier d'un seul coup.

Silence pouvait pratiquement entendre sa respiration siffler par ses narines. Ne pas se laisser emporter par son imagination. Surtout, ne pas se laisser emporter par son imagination. Même si c'était le cas, et que tous les habitants de Whisper Town faisaient partie d'une secte, quelle importance ? Ni Oriel ni elle n'étaient concernés, de toute façon. Les gens pouvaient bien croire en ce qu'ils voulaient et faire ce qu'ils voulaient, ça ne les regardait pas.

— Ce n'est rien, je me disais juste que j'étais rudement contente qu'on parte cette nuit.

Chapitre 30

Silence avait décroché ses vêtements des cintres, enfilé ceux qu'elle portait en arrivant, puis emballé le reste à la va-vite. Elle se déplaçait pieds nus dans sa chambre comme si elle craignait de faire du bruit, ce qui, quand elle y réfléchissait, n'avait pas beaucoup de sens. Ni le personnel du manoir, ni les Crochemort n'avaient jamais eu l'air d'entendre quoi que ce soit de toute façon et il régnait toujours un silence oppressant dans les couloirs, comme s'ils restaient constamment déserts et qu'ils se nettoyaient et s'époussetaient tout seuls.

« Bref, personne ne t'entendra même si tu hurles », songea-t-elle, avant de se demander tout de suite d'où lui venait cette pensée…

— Tu as fini de préparer tes affaires ? demanda Oriel.

— Oui.

— Bien, alors on devrait se reposer une heure ou deux avant de partir.

Partir… oui… même si Silence savait qu'elle ne sortirait pas indemne de là. Pas alors que toutes ses certitudes, tout ce qu'elle pensait savoir du monde, toutes ses fondations psychiques s'étaient complètement écroulées. Et elle sentait déjà que Whisper Town allait laisser à jamais sa marque sur elle, comme un tatouage dont on ne peut se débarrasser ou une maladie chronique qu'on ne peut pas soigner.

— Je ne sais pas si je vais réussir à dormir, répondit-elle en entendant un coup de tonnerre au loin.

Un violent orage s'apprêtait à éclater au-dessus de leurs têtes. Les gros nuages noirs surplombaient la ville, des éclairs zébraient le ciel. Oriel traversa la pièce pour guetter par la fenêtre l'intensité de la pluie.

— Fais comme tu veux, mais moi, il faut que je dorme, déclara-t-il en retournant vers son lit et en se glissant sous les couvertures.

Silence le regarda en songeant aux réflexions que ferait Mme Mills si elle le voyait se coucher avec ses chaussures et tout habillé. Elle dirait probablement que ce n'est pas hygiénique ou elle le foudroierait du regard en grommelant qu'il allait froisser ses vêtements, ou elle lui reprocherait de manquer d'éducation.

— Tu peux éteindre la lumière, Silence ? marmonna Oriel, les yeux mi-clos.

Cette dernière obtempéra, puis décida d'aller s'allonger en essayant d'ignorer les éclairs qui illuminaient la chambre par intermittence, comme des flashs d'appareils photo.

Entendant un sifflement régulier provenant du lit de son frère, elle secoua la tête en se demandant comment il avait fait pour s'endormir aussi vite. Elle en était tout bonnement incapable. Elle se sentait bien trop angoissée à l'idée que quelque chose dérape, que M. Barnett n'ait pas laissé les clés sur le tableau de bord de la voiture comme à son habitude, ou qu'ils se fassent surprendre en chemin. Et le froid qu'il faisait dans la chambre ce soir ne lui facilitait pas les choses non plus. Un air glacial semblait avoir envahi la pièce d'un seul coup et elle n'arrêtait pas de frissonner sous ses couvertures. Ouvrant les yeux, elle s'apprêtait à se lever pour aller chercher un pull dans sa valise, lorsqu'un bruit, semblable au frottement d'un vêtement contre le mur, lui parvint tout à coup. Essayant de calmer les battements de son cœur, elle tendit l'oreille, aux aguets. Un nouveau coup de tonnerre éclata un peu plus loin, puis il y eut un long moment de calme, et Silence était presque parvenue à se convaincre qu'elle était juste trop nerveuse et qu'elle imaginait des choses, quand elle entendit soudain un bruit de pas. Un bruit de petits pas furtifs et légers, comme ceux d'un enfant.

Elle se mit alors à hurler.

— Oriel !!!!

— Quoi ?! Qu'est-ce qu'il se passe ?! s'écria-t-il en se réveillant en sursaut.

— Il y a quelqu'un dans la chambre !

— Quoi ? grommela-t-il en allumant la lampe de chevet.

— J'ai entendu quelqu'un marcher ! s'écria Silence, les yeux exorbités, avec le regard d'une folle.

Oriel fronça les sourcils en examinant attentivement la pièce. Il y avait des coins d'ombre, mais personne ne pouvait se dissimuler là. Personne.

— Silence, ouvre les yeux, tu vois bien qu'il n'y a que nous ici !

— Je vois, oui, mais j'ai vraiment entendu des bruits de pas, je te jure !

— Avec le boucan que fait l'orage ? remarqua-t-il d'un air sceptique.

Elle acquiesça, puis dit en pointant du doigt l'armoire où Oriel rangeait ses vêtements :

— C'était par là ! De ce côté !

Remarquant que la porte était entrouverte, il haussa les sourcils.

— C'est bizarre, je suis sûr de l'avoir fermée. Mais bon, tu as peut-être simplement entendu la porte s'ouvrir et…

La lumière s'éteignit soudain, laissant la chambre dans l'obscurité.

— Que se passe-t-il ? s'affola Silence.

— Panne de courant. Ça arrive souvent en cas d'orage, répondit Oriel en cherchant son portable à tâtons sur sa table de chevet. Je crois que j'ai bien fait de continuer à le recharger, ajouta-t-il en promenant la lumière de la torche un peu partout dans la pièce. Tu vois ? Pas de problème…

— Oriel ? fit soudain Silence.

— Quoi ?

— Éclaire à nouveau le coin près de la commode.

Oriel braqua aussitôt la torche en direction de l'endroit qu'elle venait de lui indiquer.

— Elle… elle n'est plus là, fit Silence en sentant un énorme nœud se former au creux son estomac.

— Hein ?

— Ma valise. Elle n'est plus à l'endroit où je l'avais laissée ! s'écria-t-elle tandis qu'un éclair aveuglant illuminait la pièce.

Oriel jeta à sa sœur un regard perplexe en se disant qu'elle devait se tromper et qu'elle l'avait probablement posée ailleurs, puis se décida à se lever.

— Mince ! Il fait sacrément froid ! Il y a un problème avec le chauffage ou quoi ? maugréa-t-il en faisant quelques pas avant de sentir quelque chose sous ses pieds.

Sa lampe braquée en direction du parquet, il fixa attentivement le pantalon, puis la chemise avant de réaliser qu'il s'agissait des vêtements de Silence et que tout le contenu de sa valise avait été éparpillé un peu partout sur le sol.

— Qu'est-ce qu'il se passe ? demanda Silence.

Quelque chose approche… elle approche…

— Rien, répondit Oriel en ignorant la pensée qui venait de le traverser comme une ombre.

— Ne mens pas. Qu'est-ce qu'il se passe ?

Elle arrive, elle arrive...

— Je ne sais pas, fit-il d'une voix angoissée en voyant soudain une ombre se dessiner dans la lumière et quelque chose bouger sous la commode.

La lumière revint d'un seul coup et il le vit. Il vit le pantin sortir de sous la commode et le regarder fixement.

— Ce n'est pas possible, je dois être en train de rêver, murmura Oriel en voyant la bouche du pantin s'ouvrir et se refermer comme si quelqu'un le faisait parler.

Puis il entendit une voix haut perché et désagréable demander :

— Alors petit, il paraît que tu pars en voyage ?!

— Je t'avais bien dit qu'il y avait un problème avec ce pantin ! lança Oriel à Silence.

Cette dernière cligna des yeux plusieurs fois, puis répondit d'une voix tremblante :

— C'est impossible... c'est une marionnette... une poupée, elle ne peut pas... ce n'est pas logique...

— Arrête un peu de vouloir toujours tout rationaliser ! Ça devient agaçant à la fin !

Silence déglutit. Elle ne pouvait pas abandonner toute logique... Si elle abandonnait la logique, il ne resterait alors que la peur...

— Eh, je suis là ! fit le pantin avant d'assener un violent coup de pied dans la cheville d'Oriel.

— Aïe ! Tu vas voir, toi ! gronda celui-ci avant de tendre le bras pour l'attraper et de se figer en voyant l'ombre du pantin s'élargir puis onduler le long du mur.

Elle est là, elle est ici...

Oriel tourna lentement la tête vers Silence, comme s'il était au ralenti... Quelque chose cogna contre les portes des armoires, les tiroirs de la commode s'ouvrirent brusquement. Il y eut comme un craquement puis le parquet se mit à onduler. Le lit d'Oriel tressauta comme s'il était secoué par un tremblement de terre, avant de se soulever et d'aller se fracasser contre le mur.

Silence se mit à hurler. Oriel cria :

— Il faut sortir !

Silence, paralysée par la peur, semblait incapable de bouger.

— Silence ! Vite !!! hurla son frère.

Il lui prit la main et se précipita vers la porte, puis appuya sur la poignée.

— Elle est bloquée ! Elle ne veut pas s'ouvrir !

Silence, qui avait repris ses esprits, le poussa pour essayer à son tour.

— C'est pas possible ! Laisse-moi faire !

— Ça ne sert à rien, elle ne nous laissera pas partir, dit soudain Oriel, avant de se tourner lentement vers l'ombre qui continuait à se propager sur le mur.

— Tu… tu veux dire « le pantin » ? bredouilla Silence.

Oriel secoua la tête.

— Pas le pantin, non.

— C'est… c'est elle, c'est ça ? La « présence » dans le manoir ?

— Oui.

— Mais c'est quoi au juste ?

Oriel ignorait s'il s'agissait d'une entité, d'un fantôme, ou du manoir lui-même. Et pour tout dire, ça n'avait pas grande importance…

La gorge serrée, il murmura :

— Difficile de donner un nom à ce qui n'en a pas…

— Tu ne m'aides pas beaucoup, là, bredouilla sa sœur en sentant des larmes lui monter aux yeux. Qu'est-ce… qu'est-ce qu'elle veut ?

— Elle veut nous empêcher de partir.

— Tu… tu n'en sais rien, balbutia Silence, peut-être que…

Il secoua la tête. Il n'y avait pas de « peut-être », il *savait* qu'elle ne les laisserait pas partir.

— Eh, les gamins ! Vous venez jouer avec moi ?! s'écria soudain le pantin avant de courir vers eux et de bondir sur Silence.

Cette dernière poussa un hurlement et se mit à tournoyer à travers la pièce en se débattant.

— Oriel ! Oriel ! Il… il m'étrangle !

Oriel tenta de tirer le pantin en arrière, de le faire lâcher prise, mais il avait beau y mettre toute sa force, la marionnette restait désespérément accrochée.

— O… Oriel ! lança Silence d'une voix rauque tandis que les doigts du pantin écrasaient sa trachée.

— Tu vas lâcher ma sœur, toi ! hurla soudain Oriel, paniqué, en martelant le dos du pantin de coups de poing.

Ce dernier ôta l'une de ses mains du cou de Silence, frappa Oriel et l'envoya valser deux mètres plus loin sur le sol. Sonné, ce dernier crut qu'il divaguait lorsqu'il entendit soudain une voix rocailleuse dire :

— Tu veux jouer ? D'accord, on va jouer !

Oriel se releva en titubant. Il cligna plusieurs fois des yeux en voyant le pantin se détacher brusquement du dos de Silence puis flotter dans l'air.

— J'aime les puzzles ! Je m'amuse toujours beaucoup quand je joue au puzzle, pas toi, Nabot ?

Le cœur d'Oriel manqua un battement. Silence lui tournait le dos, il ne pouvait pas voir son visage, ni ses lèvres remuer, mais cette voix gutturale sortait bien d'elle, il aurait pu le jurer.

— Non, répondit le pantin en gesticulant et en poussant des jurons.

— Dommage…

Le pantin se mit alors à hurler tandis qu'une main invisible lui arrachait les jambes, les bras et la tête.

Oriel resta pétrifié un instant. Non seulement, il ne s'agissait pas de la voix de Silence, mais sa silhouette non plus ne lui était pas familière, son dos lui semblait courbé ou sa posture n'avait pas sa grâce habituelle… Puis il inspira profondément et balbutia :

— Si… Silence ?

Cette dernière pivota lentement.

Il sembla soudain à Oriel qu'une forme monstrueuse se superposait à elle… l'enveloppant entièrement.

— Non.

« J'ai été aveugle… je n'ai pas vu les ténèbres qui envahissaient son cœur et son esprit, et maintenant qu'elles me font face et que leur froid glacial m'envahit… je n'ai qu'une seule peur : celle de voir s'éteindre la lumière qui brille encore au fond de ses yeux, cette même lumière qui me guide depuis toujours, au cœur de la nuit. »

Extrait du journal d'Oriel Crochemort

À suivre…

L'AUTRICE

Photo : Céline Nieszawer © Flammarion

Cassandra O'Donnell est une romancière française passionnée de littérature fantastique. En 2011, elle écrit le premier tome de la série bestseller « Rebecca Kean », publiée chez J'ai lu. Chez Flammarion Jeunesse, elle est aussi l'autrice des séries « Malenfer », « Le Monde secret de Sombreterre », « La Légende des quatre » et « Le Collège Maléfique », des séries très prisées par les jeunes lecteurs. Elle vit actuellement en Normandie.

De la même autrice
Chez Flammarion Jeunesse

Romans :
- *Malenfer*, tomes 1 à 8
- *Le Collège maléfique*, tomes 1 à 4
- *La Légende des quatre*, tomes 1 à 4
- *Le Monde secret de Sombreterre*, tomes 1 à 3
- *La Nouvelle*
- *Le Garçon qui ne voulait pas parler*

Album :
- *Grimelda Hauchecorne, la souris de Salem*

NORD COMPO
multimédia

Composition et mise en pages
Nord Compo à Villeneuve-d'Ascq

CET OUVRAGE
A ÉTÉ ACHEVÉ D'IMPRIMER
SUR ROTO-PAGE
PAR L'IMPRIMERIE FLOCH
À MAYENNE EN JUIN 2023

Dépôt légal : juin 2023
N° d'édition : 558373-0. N° d'impression : 102708
Loi N° 49-956 du 16 juillet 1949
sur les publications destinées à la jeunesse
Imprimé en France